读舒羽的诗，

你会感觉身边的世界突然塌下，

心象鸟儿一样飞起。

在词的鸟群向你飞来之前，

你并不知道自己有多孤独。

人心和鸟一起飞向未来，

而鸟迹是心迹的过去。

——欧阳江河

舒羽诗集

舒羽 著

作家出版社

舒羽，原名周莉。现居杭州。

序

舒羽

它（诗歌）是什么时候找到我的？

在这本集子即将付印时，我写下了这个问题。不久前，我在一篇文章中说道：诗人的生命本色里就有诗歌的纹路存在，只要水面安静下来，它就自然呈现出来。同一时期，发出如此这般悖论的自问自答，令我不禁失笑。

但我一直忠实于文字的"流泻"状态，诗歌于我而言就像天降之水，隐秘地流经我生活的轨迹。至于它是否能找到积聚的土壤并形成一面湖泊的镜子，那是诗歌自己的宿命；又若能在这面镜子中折射出不同的世观镜像，那亦是诗歌自己的使命；我对诗歌的态度则是"听之，任之，自由之"。我曾说："诗歌的著作权在作者，而解释权在读者"，既如此，索性就此放下，任读者自己去感悟与思辨。毕竟于他者而言，最重要的是诗歌本身的赠予，已非诗人个体的动机。

这本集子中收录了我自 2009 年 6 月起笔写诗至 2010 年 5 月以来的部分作品，它像一面镜子的无数个碎片，充斥着我的欢乐、悲伤和沉思。我像一个清醒的迷幻者，几乎不假更多思索地将它们描绘，然后抛出。它们自从在我的新浪博客中陆续呈现后，一直有人在探寻"这些文字背后的主人究竟是一个什么样的人？"我无意隐藏，但坦率地说，我不知道，也说不清，因为一切都在变化之中。即便是一面完整的镜子，也有属于它自己的历史——那不同的光线所投下的不同的影。但假如读者真的有心探访，那么请从我的诗歌中去寻找，你可以任意组合这些散落的碎片，从而构画出一个你心目中属于诗歌的舒羽。我惟一的建议是：请把残镜的最后一片留在你的心中，让它保持着一定的空缺，也给我和我的诗歌留下一份永远的可能。

最后，感谢邀约出稿的编者辛勤的劳作以及锲而不舍的催促，充分地营造了我内心的愧疚感，以致最终惶惶交稿。感谢我的摄影师朋友们为我精心描画的影像，他们用镜头创作了舒羽之外的诗歌，那是我的文字永远无法到达的去处。感谢生命中与我相遇的每一个人，将此书献给你们，是你们成就了我诗歌的每一个字符，并让过去与未来在文字中复活、永生！

想说的很多，但无法言说的更多。

数语，是为序。

2010 年 5 月 24 日

目 录

047　辽远的问候
049　马头琴
051　桂花雨
053　别致的毒
055　雨夜歌
057　莽夫的绣品
059　炉火旁的留言

061　卷三

063　猫
067　蛇
069　龟
074　王者
076　局外人
078　鸟
082　蛙
084　鹤之泣

087　卷四

001　序 / 舒羽

009　卷一

011　黑色是最彻底的奢华
012　花火
014　灵魂
016　相遇
018　晨曦
021　爱之祭
023　置身于繁华
025　孤独归来
027　神秘的力量

029　卷二

031　身世告白
032　牧歌
042　为一颗心　掘一片海
044　月亮爱你有多深

132　现在
134　大提琴在歌唱
136　母语
137　岗拉玉珍
143　除了爱我没有明天

151　卷六

153　珍珠
155　诗人的玫瑰
157　语言之花
159　诗人之死
161　海子
163　你没有被遗弃，而是被托举
166　理波
168　另一个声音
171　一个出售灵感的女人
177　一条手臂的距离
182　一个人的剧场
186　诗人的名誉是寂寞

089　风之语
090　爱与死
092　黑白相片
094　离歌
097　窗外
099　卖笑人生
101　危险的镜子
103　在重症走廊上
105　默契
107　换位思考
109　这一切是怎么发生的
111　川流

113　卷五

115　在一尊双人雕像前
117　究竟是……
120　爱情需要喧哗
123　了解
125　我的爱人戴着蓝色的宝石
127　果

233　柔软的痛苦
234　井底之蛙
236　给我一本书的时间
239　爱是一种革命
241　千里之外
243　爱情短章
259　爱情是灵魂的代言
261　归宿

265　卷九

267　寂灭的声音
269　四个轮子载着我
271　真理的直径
273　无题
275　黑屋子
277　未展开的韵脚
279　为爱命名
283　朋友去四川了
285　假如我也遇难了
287　镜子里的誓言

189　卷七

191　诗琴画意（松竹梅）
193　石子
195　金子
197　忧郁
201　奔跑
203　渔夫
206　乐墅
208　餐巾纸格言
213　都市情歌
215　NO, I DO
218　裸体
219　无垠之声音
221　一条通道
223　在灯光熄灭前离去

225　卷八

227　当时也是这样
231　失眠的蔷薇

289 故乡
291 西湖雨
293 黄昏笔记
296 午夜记余

301 卷十

303 向黄昏伸手
305 无意中言及的意义
312 信
315 我的鱼肚白
323 钱舟与贝多芬 D 大调协奏曲
328 寻
351 你的眼睛
363 圣地城堡

381 跋 舒羽

卷　一

《舒羽诗集》校勘表

1、068页，误："还有谁还能替替我承担罪名"；
　　　　　正："还有谁能替我承担罪名"。

2、263页，误："《归宿》备选插图"；
　　　　　正："《归宿》插图"。

3、383页，误："十一点班我重新回到这里"；
　　　　　正："十一点半我重新回到这里"。

黑色是最彻底的奢华

黑色是最彻底的奢华

就像沉默是最深的呼喊

2009年9月9日

花 火

题记：诗歌是神明的语言，

我只是模仿。

我是水

无以名状　所以无所不能

窒息　或灌溉

我是风

呼啸在你孤绝的城堡外

而你感到的　只是肃静

我是雪

一朵一朵　难以计数

累积你所有的时间　但终将如数收回

我是火

燃烧你的一生　毁灭你捍卫的一切

而烟烬中　火种不灭

我是一切　一切即我

而我　就是你

我是你静夜中的自己

是神明的

花火

2009年9月9日

灵　魂

抓住它

它曾居住于你

而今游离　难觅踪影

它从你窗前走过　目光寒冷

像一个饥渴但不愿接受晚餐的孩子

有着穷人特有的坚硬

而你的柔软

是一件不能御寒的雨衣

你的屋子

灯火通明　灼伤了它的眼睛

你追出门外

握住了它冰凉的手

却只道：

一叶孤秋

2009年9月9日

相　遇

我奔向你

这难能的相遇让我喜极而泣

你却因我的拥抱而远离

好，我不动

甚至可以闭上眼睛

请你

向我走来

……

空气里没有风

渴望的帘没有动

我睁开怅惘的眼

你竟端然地坐在那阴影里

眉目口唇不清

如一团幽暗的命运

我仿佛听见你说

这是我们

拥抱的距离

2009 年 10 月 28 日

晨　曦

迎接一束光的侵入

就像走进你白色的圣幕

闭上眼睛　任你的明亮

充满我的空无

当黎明的新枝

从窗外伸进试探的手臂

我交出了　我的心

当流动的光线　轻柔地

摇曳风的流苏

哦　让我为你哼支歌吧

请允我的歌声　开放于

你蜿蜒而上的庭宇

请允我用浓浓的花荫

供奉你洁净的灵魂

在风琴苏醒的晨曦

请剪去

我紫色的裙裾 *

★注释：《圣经故事》旧约中说，当上帝即将
给予某人启示时，会派遣使者剪去祈祷者裙
裾的一角。

爱之祭

2009 年 11 月 12 日

火把

已经点燃

让我们登上天使筑就的祭坛

迎向

亚伯拉罕准许的光

此刻　我是你的羔羊

闭上眼

将所有的语言

留给微颤的眼睑

我从未因肉体而感到欢愉

正如我所理解的痛苦

从来都是颤抖的幸福

置身于繁华

2009 年 11 月 22 日

置身于繁华

我是一座钟楼

心向宁静　身体却止不住

摇摆的时序

是谁

在添加欲望的柴薪

在城市上空

用霓虹的光晕

焚烧往昔肃静的心灵

哦　这无辜但有罪的灵魂

在火焰里嘶鸣　扭动余生

直到金子将淡泊的岁月

掩埋成一座闪光的坟茔……

只是经过她的人

再也听不见星空下　林梢间

夜莺

那嘀啭的歌鸣

我看见死神

站在天使的身旁

俯身加冕贫穷者的荣光

他们安宁的面容之上

盛开着一丛白色的玫瑰

散发奇异的馨香

孤独归来

2009 年 9 月 3 日

月光的岸　有形的无边

轻拍的浪　呼吸的裙边

我在夜色中醒来

夜的黑　是我的明媚

孤独归来　我心安在

当夜幕低垂　星河明灭

我蹁跹往来于天际之间

夜风的翅膀是我寂静的歌谣

我的美丽是无人能懂的忧郁

海洋的春天　不以四季轮回

唯有舒展的夜　唯有浪的花

唯有瞬间的美和瞬间的幻灭

神秘的力量

2009 年 8 月 1 日

面对一些事物

最好保持沉默

若欲驾驭之　反被其驾之

宣战之词未出　拔剑之手未举

失败已然告终

它们无面目　无界限

相互牵连　此来彼往

神秘得如同日月一般光明

而人类　这卑微的狂妄者

竟对这超凡的力量举起了猥琐的刀

妄图以肢解的方式驱逐恐惧

甚至将虚无切割——

年年月月日日时时分分秒秒

如围棋的格子　翻滚的日历

小说的章回　破碎的渔网　徒劳的道具

还有天真的勇气　屡败屡战的无知

终落得一部漏洞百出的拙作

糟糕地署着未完待续的名

面对一些事物　最好保持沉默

不用刻意寻找　一切皆是原貌

有些东西　放手后才能看到：

如时间、水、雾、风和爱

卷 二

身世告白

我来自树叶婆娑的华彩

来自七弦琴彻断的瞬间

来自抛书空对一枝梅的凝视

来自姓氏荒芜的族谱

我来

来回应你穷极一生的呐喊

来成全你步履沉重依然行行复行行的意义

来拥抱你要的永恒和虚无要的虚无

牧 歌

(一) 迷雾

我以为

我能在洪水卷面而来时

捉住它的汹涌，并妄图

透视它在天上时的图形

可当那个人出现后

我只能说：

爱神周身散着迷雾，

晕眩时，他已来临。

（二）气球

是什么切碎了我的睡眠？

无奈的睡去，恼神的醒来

反反复复，剥夺身体的安宁

如同将一只气球

舍命地按入水中，而它的升起

轻而易举。如同我的梦掩不住

他的名字——

（三）圣杯

满溢吧，爱之圣杯！

让我酣醉……

哪怕午夜醒来，

独自在黑暗中追悔。

（四）地雷

当他说出那三个字

我像踩上了一枚甜蜜的地雷

倒吸一口春寒，立在那儿

一动

也不能动

（五）雪狼

还没来得及整理觐见你时的眼神

你嘶声呵斥的话语便如天神降临

孤傲地好似雪线上的狼——

若不能在一秒内从我心中获知答案

便咬断喉咙，绝死在我面前

（六）呓语

慌乱中，我只得

高声大喊：

是的，我爱——

又低声呢喃：

爱得一无格律，

胡乱如呓语。

（七）孩子

他笑得像个孩子

我几乎忘了他心中那么多

那么多的忧伤

（八）滋味

拈一捧春蕊，捂在微拢的掌心

我用目光的温暖

唤醒一脉心泉的香茗

喝下吧！

笛尼*，告诉我

春的滋味

（九）相遇

如果注定失去，是否还要相遇？

相遇者如是问。

（十）花瓣

来得及，来不及

来得及，来不及

……

拈落了一整个春季的花瓣

也未能从单复数的玄机中摘得答案

关于前世　关于今生

关于前世今生　轮回的偶然

然而眼睛与眼睛的交谈

早已改写了时光：

那一瞥，交汇于洪荒之前。

哦，徒劳的花瓣，徒劳的悲伤！

（十一）昏迷

在灭顶前

请容我喊出最后一句证词：

我将进入昏迷！

诗人自注：

昏迷后，如作出一切违背常理之事

纯属注定。请原谅一个盲者的箴言

（十二）絮语

是你带回了四季

让春天的牧童赶回了丢失的羊群

是你复苏了知觉

鼓动雨后的春草破除了冬的寒冰

可你为何指使辰星失聪?

时而亮如明眸，时而呢哝着

含糊不清的絮语

……

（十三）佩刀

当幸福的颤抖成为难以息止的苦痛，

当我的眼中溢出冻土的甘泉，

当你的名字冲破口唇的矜持，

请用你的佩刀刺向我的心脏——

从此，再没有离别的忧伤。

（十四）梦魇

他们指着我身边的人

厉声吼叫：

"你为什么跟这个人站在一起?

他有罪!"

我很快的　昂起头,

又很慢的　扬起微笑：

"如果他有罪,

他的罪,是我犯下的。"

(十五) 蜜秘

爱上你

是我心中的一个蜜秘

从此,再没有什么能打破

我笑容的安宁

（十六）轮回

让我们在时间里飘移

直到你的云，盖上我的羊群。

★注释："笛尼"是中国少数民族的一种方言，汉语的意思是"然后"。

2009 年 6 月 4 日

为一颗心　掘一片海

为一颗心　掘一片海

在你颁布爱上我的法令之前

来不及丈量方圆　细话春秋

顾不上谦卑含蓄　说那爱的惶恐

服从内心　放下矜持的形体

以暴虐般的心情　疾命耕耘

不惜抚琴的纤指　泣血悲鸣

掏空前世今生

为一颗心　掘一片海

我的海　必因你而辽阔

2009 年 10 月 8 日

月亮爱你有多深

亲爱的

今晚的天空

是你如海的情怀中捧出的

明月

淋漓似海子　璀璨如玉玦

那一颗

海的心　天的灵

亲爱的

今晚的月亮问我

爱你有多深

我只能告诉你

我的爱是一潭深渊

一如你夜空的眼睛　浓重如墨

却依然能分辨出属于你的

那一种黑——

它是你眼中那点子

化不开的温柔

因此　今晚的星星

必定是西子如许的泪滴

亲爱的

今晚的月亮问我

爱你有多深

我何尝不也这样问

爱是一座凌云的巅峰

为了一个答案

多少人在默默攀登

那有去无回的绝径

或喜或忧　却一往如今

亲爱的

今晚的月亮问我

爱你有多深

可而今的我　还盘桓在

它的腹地

那芳草茵茵的爱的属地

我只能派出一只青鸟

命它衔着我的歌谣

从清晨出发

飞越崇山峻岭　盆地海洋

用生命去丈量……

辽远的问候

2009 年 10 月 27 日

请替我

向离你最近的那朵白云

问好

感谢它悬挂的关照

为你带去了我的身体

所无法抵达的遮蔽

请替我

向与你初遇的那阵谷雨

问好

感谢它潮湿的抚触

让你在群岚幽径间

不至忘怀我欲滴的心情

请替我

向雨后初霁的那缕阳光

问好

感谢它迟暮的挥发

在描摹世界模糊的维度时

突然照亮了你心灵的豁达

最后，请替我

向离你而去的那抹清风问好

感谢它智慧的指引

让孤独的你在孤独时

意会我不能达成的约定

最终是如何到达了你的内心

马头琴

2009 年 7 月 19 日

于是　你来了

在那个彩霞满天的口了

带着孤独的马头琴

和那微醺的三分酒意

深深的草场啊　深深的你

一如梦里

你看

羊群　已远远地躲避成祥云

草儿　也涩涩地羞成了露珠

雪山　浸泡着酒花儿一般的笑意

为何你还在迟疑

难道　我不是你魂牵梦萦的

那朵彩云?

请为我拉响　那梦里的马头琴

让冰雪消融　粉蝶蹁跹

让芳草在缱绻的琴声里忘我地痴迷

我要勇敢的你　张开雄鹰的双臂

带我飞翔于浩瀚的天际

作一颗尘世间最幸福的

微粒

桂花雨

2009 年 10 月 29 日

假如你来杭州

我会带你去淋一场桂花雨

我们将在清晨出发

沿着委婉的山道　拾级而上

你将看到　那一湾一湾

满是明亮的芳华

当金色的光雨　一口一口呪着芬芳的呼吸

如雨的光明　一朵一朵筛落我黑色的发际

我说你的眼睛

是阳光下摇曳的少年

洋溢着喷香的热情

你说我的笑

是一掬摇碎的月光

一缕一缕　疏疏密密

酿醉了　一壶桂花雨

别致的毒

别去碰那支曲子

有毒

委婉的曲调

有着比谁都美的伪装

一碰　就激活了沉积多年的殇

剧毒的记忆之上

蔓延着剧毒的花

像古堡的绿萝一样纠缠

一层一层

在窗边刺探

别给它温暖

切断它的光源

哪怕一个眼神的星光

也别对它开放

就让那枚蓄意已久的

别致的果

枯萎在记忆的荒原

就像从来都未曾响起过

雨夜歌

2009 年 7 月 1 日

终究还是下雨了

从梧桐落到枕边

淅淅沥沥的雨　最难消受

像一支过气的情歌

又像一只熟透的柿子

悬了一生

……

然而　越美越沦陷

碎骨时　也未举行任何仪式

搁浅了那么久

该忘的早已不再残留

为何还要在这样的雨夜

响起这样的歌

是谁在唱?

是雨

是夜

还是歌

莽夫的绣品

2009 年 6 月 23 日

你是一个十足的莽夫

鲁莽地砸开我尘封的门

带着一身江湖的浪迹和海的潮汐

孤独的影子

将你的孤独拉得更长

门推开时

金属的摩擦　擦伤了我的听力

光芒　直刃我心——

噫！

应声倒下的

是藏匿在大观园里的幽魂

千年的妖娆　散了一地

……

你是一个十足的莽夫

从江湖的浪迹和海的潮汐中

除了带回一把利剑外

还呈上了

一帧绝世的绣品

一个骇世的奇迹

炉火旁的留言

2009 年 9 月 17 日

我在黎明的边陲　等你

若你午夜归来　而我

正在叶芝的炉火旁打盹

睡思昏沉，请将我手中陈旧的诗集

放回枕边，用冷露秋霜的吻

将我的额头唤醒

让我听一听

你一路上新奇或平常的

见闻，若你

留恋我的美梦，不愿将它惊醒

那么请取下炉火边　壁橱上　肖像旁

那一纸留言，有我

为你温了一个秋季的

诗篇：让我们

站在秋天看秋天

品闲云高远，读金桂三千

酷夏已去而严冬尚远　寒冷

也不过为了让人更深切地

感受春天，美梦再甜

也莫过你眼底

如雾的

甘泉

卷　三

猫

题记：这不是诗，至少不是我的；
　　　即便是，那也是猫自己的。

2009 年 9 月 28 日

又是午夜时分

像天使与魔鬼产下的灵异的婴孩

长一声　短一声　尖一声　叹一声

如此哀伤凄厉的

恣意妄为、声嘶力竭的

天真与世故、本能与矫作的

从容与紧迫、长吁与短叹的

甚至充满着怨愤的

声音

是浸淫于欲望不能自拔的感官呼应

还是空闺怨妇寂寞灵魂深处的呼喊

是天使的咏叹　还是魔鬼的梦魇

更可怕的

它仿佛是介于多者之间的

一种人类的声音

又像是

一种古老但从未失传的仪式

黑夜中　那一对绿石的眼睛

许是祭祀时必要的神情

悼念死者的灵魂　或

召唤生者的意志

来自喉咙　更来自身体之外的

一种驱使

来自意识　更来自意识之外的

一种奇异的矛盾与统一

它是声音的宗教

是专事诡异之歌唱家的一种

直透命理的表演

天一亮　就隐匿　如散去的雾

不是因为光明　而是因为黑暗

但它只是猫

人们无法将它与白天相联系

或许这正是猫在白天之所以温顺娴静

甚至慵懒的内在原因

猫有九条命　我信

但不要直视它的眼睛

它并不想看你

你只是它眼中的

一条线状的影子

猫的夜晚　猫的上空　猫的世界

究竟是欲望　还是灵魂

为何只在午夜响起　且

一呼便能百应?

蛇

2009 年 10 月 21 日

这是谁的错

我指使了那个女人

将明辨是非的眼睛分给了众人

你们获得了明亮而我遭受诅咒

终身匍匐于阴暗潮湿的泥地之中

背离光明　永世舔尝那圣杯的烈焰

以邪恶的名　装饰利剑的圣明

如果他的意志是将真实遮蔽

我只是一个背叛了谎言的先知

如果我的邪恶缘于昭告了真相

还有谁还能替我承担罪名

★注释:《圣经故事》旧约中说,夏娃听信了
蛇的话偷食了智慧果,于是获得了辨别事物
的能力并懂得了羞耻,上帝得知后惩罚蛇终
身匍匐泥土、咬女人的脚跟;惩罚女人忍受
生育之苦,并终身与蛇为敌。

龟

2010 年 2 月 8 日

（一）

如果说忧郁是一种气质

是否生来如此？

忧郁者通过忧郁默默地解释了许多事物

然而忧郁者解释不了自己的忧郁

如同龟　解释不了壳的重量：

是自觉的背负？

还是与生俱来了担当承受的天赋？

（二）

慢，为何慢？

像一个奔跑的生命

直到勘破了烟尘中的寂静后

方能参透的道理

为何你一眼就看出了它的慢

而认识它却在暮年？

（三）

慢，果真慢？

你可曾想象田径健将为何穿上

沙袋装裹的训练衣？

龟，你的冲刺何时发起？

（四）

难道你真的轻信了龟的迟缓与呆板？

看看它悄然潜入海洋之后的轻狂吧！

（五）

龟的慢

是未曾谋面的上帝

（六）

从慢到快　必有过程以及

深刻的内在原因

从快到慢也是一样

速度本身与眼睛无关

（七）

像灵感一样难以捕捉

龟的四肢

我们只能耐心等待

直到身心从警觉的沉睡中突围

进入下一轮追捕的游戏

（八）

可以想象

当我围着它绕行踱步

像辨别一块陌生的墓地时

龟作何感想

我们的区别　只在于形式

（九）

什么动物最接近诗人?

有人说是狼或猫头鹰,

而我说：是龟。

（十）

睡吧　我说龟

你的谜语我没法往下猜

事实上

谁能确定它是否醒着?

假如龟也装睡

兔子只能请诗人替身了!

2009 年 9 月 14 日

王　者

一轮冷月

凄厉着山莽苍老的暮色

饥饿

在浓密的蒿草间

凛烁

坚硬的苍凉

孤独的王者

欲展凶残

而凶残之手必先将其拽拖

生存，唯有追逐

正如历史的荣光，唯见

凶残方能显现

岁月的羸弱

与英雄的自然法则无关，尽管

你满嘴里已没有一颗象样的钢牙

而当红日奔涌

请嘶吼你沙哑的喉咙

——

王者归来　逶迤磅礴

2009 年 10 月 2 日

局外人

傍晚，我踱步走进沉昏的树林。

看叶子，在秋风中轻轻飘落，

时不时　一片　一片……

我知道，它们将相互覆盖

我知道，哪棵树上刻着哪个孩子

童年的自由。

在这里，一切都可以确信

就像我的左脚

了解我右脚的步调。

一只鸟，

在不远处的枝头喎喎的，与另一只鸟

相互交谈……我敢肯定，

它甚至完全不在乎我的注视

在这林中，熟悉的林中

我竟成了一个局外人。

"我将永远得不到

一只喜鹊的心"*。

★注释：此句化自切斯瓦夫·米沃什的诗歌
《鹊性》（沈睿译）

2010 年 4 月 17 日

鸟

（一）

它低垂着头，眼神缄默。

有栅栏投下的影，在它脸上

流转着光阴。

当怜爱者走近，它才微微地

转一转眼睛。

（二）

美丽的笼子、优雅的景致

清洁的水、饱满的谷粒

一只鸟的美好生活，足矣。

要不是它失去了婉转的歌喉。

（三）

它轻移羽翼，打开一扇门

示意同伴飞出去——

而那只鸟，置若罔闻，兀自酣睡

坚守着幽美的梦境……

头顶的笼子上刻着四个字：

地老天荒。

（四）

一只鹰，在天空盘旋，寻找大地。

鸟儿仰望苍天，充满忧愁：

倘若天火降临，焚烧了牢笼

可也炽燃了鹰的翅膀？

（五）

清晨，鸟儿们在树下相互交谈

谈论民主、自由、和平与爱情

不知不觉，笼子被转移到屋内

谈话中断。

但这并不妨碍鸟儿安逸的交谈，

无论从哪个日头捡起，都是可衔接的漫长。

（六）

"作为一只尊贵的鸟，

我有理由为自己挑选一只华丽的笼子！"

（七）

它学会了人类的语言。

但我相信一只鸟的死因，

多半是因为寂寞。

2010 年 5 月 19 日

蛙

白昼所有灰白的忍耐

在夜晚得以加倍补偿。

置身全然交付的黑夜，

我们束手听凭声音的君王

入驻黑暗的听觉帝国。

无论乡村或城市，只需一个水洼

便足够夏蛙在椭圆的星空下繁衍

缔造一座擂鼓的战场——

呼啸而起，声声不息

你不能忽视这与生俱来的天性歌唱，

当歌者以身心作喉贯穿生命的嘹亮，

即便身处无光的沼泽、

地球的任何一个背面。

2009 年 7 月 21 日

鹤之泣

当 Vitas [*] 的歌声在夜空中响起

繁华　是深渊中的炭火

欲望之火烧灼

疼痛难以言说

我的羽翼　已然失火

天使　正在陨落

最后一次

我从城市的夜空飞过

璀璨的灯火

是不忍相看的聚散离合

灵魂　在痉挛中尖叫

《鹤之泣》 插图 杨棠茗 摄

如鹤之唳

我曾因孤独而将你拥抱

你的微笑

有一种难言的寂寥　冥冥闪烁

如今离去

任宝藏在我眼底遗落

抓一把繁华

送给你心爱的人吧

而我　只想寻找一片天籁

在 vitas 的歌声中

死去

★注释：Vitas 为俄罗斯当代歌手，因其音色
高亢空灵而具有"海豚音"之美誉，也被称
为天使与魔鬼的歌者。《鹤之泣》为 Vitas 同
名歌曲。

卷　四

风之语

2010 年 2 月 8 日

起风了　一冬萧瑟

一只失重的空瓶

在马路上落落翻滚

敲打着

无人能懂的空空心语

躲闪　命运的车轮

然而风　并不知情

2010 年 5 月 29 日

爱与死

在多年前的客厅，母亲与几位眷友

谈起了：死。

冬季的黄昏跃黑马潜入夜，屋内

灯光昏黄如烛。言说中的死，

仿佛一唤即至。

有人向后挪了挪身子，提问母亲：

"你希望你们谁先死？"

第一次，我听母亲道出了爱情：

"我希望他死于我之前。"众人惊诧。

"人死后，有很多事，他如何理得清？

更何况，可能还有几年的孤独……"

当时父亲就坐在背光的阴影里，

似闻未闻，沉默不语。

多年后，命运派出天才的使者

隔着冰冷的白雾，

向我抛出同一个问题——

……

我又一次在记忆中搜寻父亲的脸，

而雾霭对岸，他已深深铸入了

那个夜晚的

哑然里。

2010 年 5 月 4 日

黑白相片

"就这张吧，人生最终是黑白的。"

她一辈子栖居的地方很小

童养媳时的农舍，寡居后幽暗的简租房

子女家中流动的单间

居，无定所的一生，看似稳定的漂泊；

而今，暂居白墙一隅，方寸之间。

一阵风，自窗而入，拂过她的面容

什么都没有动。

爱与恨，沉入悄然之中。

我伸出目光，欲接住她静止的叙述

像儿时的枕畔，暖脚的被褥……

但风已破门而出，她的光阴

无影无踪。

离 歌

第（一）（三）写于 2010 年 2 月 24 日　（二）写于 2010 年正月初三

（一）

没有任何之灵从那条路上带回彼岸的讯息

守望在这一端的人们甚至不见飞鸟的掠影

而死神的兆告却那么清晰，去！去！去！

到队伍的前列去！犹如头顶一朵阴霾的云

在死亡的投影中领受生命的答案以及意义

在摘去了欢乐的辰光里等候审判诵读圣经

（二）

请平静地看待一场死亡

别再为自己的悲伤而悲伤，离者没有悲伤

收起软弱的哀嚎与恸哭吧，还生命以庄严

将哭泣敛声成一种静默的凝望：

给予离者以再生的力量，如同风

吹送信子一般

在无人的旷郊　在山谷的荒原

（三）

哦，祖母，我不让白色的花朵为暮色送行，

因为你的一生已足够洁净，我要给你玫瑰！

给你最鲜红的爱情，甚至给你最初的蓓蕾，

给你那未开放的、娇艳欲滴的另一个生命！

就让那一生的残败随着已逝的岁月逝去吧，

连同那"前世罪孽换来今生苦难"的揣测。

来世让我做你的祖母，将你绕在我的膝下，

我将把一生的美好都镌印在你少女的额上！

窗　外

2010 年 5 月 26 日

人群熙攘　繁花静开

窗外，有一种歌声传来——

疲倦、奔忙，驻足时难掩沧桑

……但歌声飘过时，

他的眼睛里　驮着希望。

我想象，

他穿过拥簇的街道

找到栖身之所；

轻轻地开门，轻轻地脱鞋

仿佛怕打断了房间自己的沉思。

走向窗边，

他隔着黄昏的玻璃

瞭望彼岸的生活……

一如高高的树枝上

归巢的倦鸟。

日子与日子之间

没有太大的不同，但明天

总是向着希望的方向行走。想到这儿，

他轻轻地吐出了

一天以来的

第一声喘息……

卖笑人生

2009 年 6 月 16 日

白天只是夜晚的苍白反映

如何形容夜的精彩请参照东京

神灵换岗　天使褪去了清纯的外衣

谁用《诗经》的标准衡量夜的妩媚

谁就有失公允

你尽可以取笑那只翠鸟涂脂抹粉　失了真纯

但别用高屋建瓴的阅历去哀悼桃花风尘的一生

同是红尘卖笑人

不同的只是——

她在夜晚颠倒众生

你在白天自欺欺人

危险的镜子

2009 年 6 月 7 日

敢于在酒后直面镜子里的自己吗

那个跳出来钳住你的

正是你自己

你用微笑拥抱过劲敌

用冷漠回敬过爱你的人

而此时　你只能正面迎接你自己

是的　你无从逃遁

一如撞见原始森林中那场不期的骤雨

酒精能麻醉神经

而镜子　却是最危险的自己

"为了活在未来

你竟将整个儿的过去摒弃"

对这镜子的诋毁　你为何放弃了辩解

纵火前那一套自圆其说的理论

都去了哪里

真实的麻醉　无知的清醒

离开镜子吧　胆小鬼

在麻醉时惶惶离开

在清醒时大步回来

在重症走廊上

2009 年 11 月 16 日

她的眼神穿过我

停在一摊静止的绝望中——

那是一个无人愿意去叙述的

冰冷的寓言，书写着

死神为她颁布的宿命。

一切语言

在发出声响之前，便被她

瞳孔中的阴霾

所浇灭。

只听见下坠的雨，

敲打在命运的走廊上

……

沉闷如石，没有回音。

我穿过它，走向虚无。

默 契

2009 年 8 月 10 日

他问：

你还爱着我吗?

我说：

如果你还爱着我，

那我一定还爱着你。

他又问：

那你会爱上别人吗?

我说：

假如有一天你爱上别人了，

那么我想

我一定也已经爱上了别人。

换位思考

2010 年 5 月 26 日

像一位歌手

为迎合沙哑的喉咙

而一再降低曲调，终于

此刻我得以这般克制的情绪

与你交谈

"心怀叵测！动机不明！

相信我，任何付出的前提

必定设置了更为丰厚的回报！"

对一个素未谋面的人

作出这番斩钉截铁的论断时

你挥舞着手指

神情凛然　目光尖利

尽了极大的努力，

我又调低了一个调子：

"感谢你的诚实；

感谢你如此慷慨地

运用你的阅历，代替别人

'换位思考'。"

这一切是怎么发生的

2009 年 9 月 29 日

这一切

是怎么发生的

人们相互重复

从陌生到熟悉

从熟悉到厌倦

从厌倦到冷漠

再到冷漠

依然是冷漠

没有新的冷漠

有一些默契　如此遥远

有一些狰狞　如此自然

就像天黑下来

而人们

依旧继续着交谈

川　流

2010 年 2 月 2 日

没什么可说可写可重复了

我的思考已很难局限于一个具体的事物中

就像我站在街头

面对川流不息的车水与马龙

看到的是一条尘世的河流

如果我曾向你微笑或挥手

在或远的彼岸　或近的身旁

或在你心中留下翻涌如浪花

我也终将因你的淹没而淹没

如果

你感到我现在的叙述像一首诗

那么就将它记在心间

因为河流正在不明去向

而我也正在去向那不明去向的方向

淹没在你被淹没的记忆中

何必担忧

我只是在叙述时间

叙述在永恒的人世间持续流逝的时间

那于你于我的永恒　或相同

卷　五

在一尊双人肖像前

2009 年 12 月 13 日

是什么样的神明在准许你们相爱?

是什么样的火焰点燃了土地的阴霾?

你们本是种子，那绝望的苍穹中

最微小的黑色尘埃!

哦，是什么样的光，什么样的光的起源，将你们

点燃?

那隐匿而卓越的燃烧，像生铁遇见了火焰的箭!

有人在爱情的泥土中梦见了清泉，而你们的爱

竟是深渊中迸裂而出的岩浆!

哦，是什么样的丘比特，用什么样的弓箭

射出了这流星陨石一般的爱恋?

像一尊正在变得炽热、更为炽热、无尽炽热的

雕像，

燃烧着生命那不败的笑靥!

可是，可是是什么样的神明在书写着我的书写?

我要如何才能不在他所左右的书写中泄露

泄露我心中那卑微的欢乐?

究竟是……

2009 年 8 月 28 日

在

　　天　将暗未暗

　　海　将息未息

　　浪　将止未止

　　　　　　时

我来到了海之南

同夜色一起抵达这时间的彼岸

月亮　宛若一位拢着轻纱的南海姑娘

星子缄默地陪在她身旁

多情的棕榈将思念排成了行

像极了你写在我梦里的诗行

……

我走进夜的深黑　就像走进你

我走进浪的呼吸　就像走进你

我坐在礁石上　就像坐在你的骨骼上

听你的血液如何流经我的身体

哗……

哗……

风　摇醒了海

海　摇醒了星

星　摇醒了我

我　摇醒了你

我　一遍一遍地问

你　一遍一遍地答

可还是说不清

关于浪与岸

关于我和你

2009 年 8 月 29 日

爱情需要喧哗

我从海边来

深蓝的是天

浅蓝的是水

灰蓝的是海岸线

云　是空中的岛屿　我没有船

风　是旅行的空气　我没有鞋

沙　是迟疑的坚定　我没有形

树　是飘浮的静止　我没有影

是的　我从海边来

本想带回一些什么给你

比如浪漫的　贝壳的怀想

　　　缱卷的　海风的遥念

比如云之彩　风之思　沙之恋

可是在海边

除了一匹抽了丝的缎子

我什么也没有带回

是的　我是从海边来

从海边来的我

不再迷恋隔岸相望的惆怅

不再沉醉若即似离的别绪

是海洋告诉我：爱情需要喧哗

你听那浪花

如何将爱恋拍打成旷古的回响

你看那海岸

如何以沉默　诉说爱的担当

等待

是比海岸更无边的漫长

而绵长的岂止是千里的婵娟

只有亲在　才是爱情最大的现实

爱情　需要喧哗

离开海吧

去有你的地方　大声喧哗

了　解

2010 年 3 月 5 日

是的，我想了解你，但并非僭越你的过去

我只想扑向你的未来，扑向你未燃的火焰

扑向你不曾开掘的土地和正在生长的麦穗

是的，我们都在变化

变化与既往无关

与欲语泪先流的心境无关

但与温暖　与信仰　与爱有关

善良而徒劳的规劝者啊

别再向我描述他斑驳的过往

我相信，一切不堪

只须心泉泛起的一抹微笑便能化作

雨后的朝霞——那不朽的七色桥梁

我相信　爱的本质是信仰

我的爱人，
戴着蓝色的宝石

2010 年 3 月 8 日

我的爱人，戴着蓝色的宝石

不知你是否也曾与她遭遇？

在大雨滂沱的心里

在你低首，而日子抬起头的注视里

她自你生长的馨香中来临，

在每一个你感到存在的

温暖的手心里。你摊开疲惫的手掌

她握住你；你看见

她蓝色的宝石在清亮的颈间

扑闪，熠熠而朴实的笑意。

当湿润的雾霭，迷住你的眼睛。

我的爱人，戴着蓝色的宝石

她穿透我持久的站立，拥抱

闪过每一个追念的姿势，

迎向你微渺的鼻息。她是你，

又不是你。

她踩着风的步子，而风何尝不是你?

抱住她吧，像她抱住自己，

她蓝色的宝石。没有哭泣。

果

题记：世上没有一颗爱的果是成熟的，

能够成熟的那颗，

一定已经失去了爱的滋味。

2009 年 8 月 25 日

一棵树

一棵

生长于土壤肥沃的

荒莽之地的树

无枝无叶无连理

日宿风月夜宿晴

它总在梦中

不由自主地怀着孕

又总是

不由自主地结出

羞涩的

果

低下头

它看着未曾隆起便已熠熠生辉的孩子

像晨曦中的圣母：

焦急、思虑、怀疑

又顺从

然而

就像未知孕育的秘密一样

果子凋零时　它同样无法把握

只能眼睁睁看着依然青涩的果

无声地

坠落

是谁在风中唱着爱之歌，说：

"世上没有一棵爱的果　是成熟的

能够成熟的那颗

一定已经失去了

爱的滋味了。"

★注释：以下二图为作者的新浪博友"天柱
山人"为此诗创作的漫画。

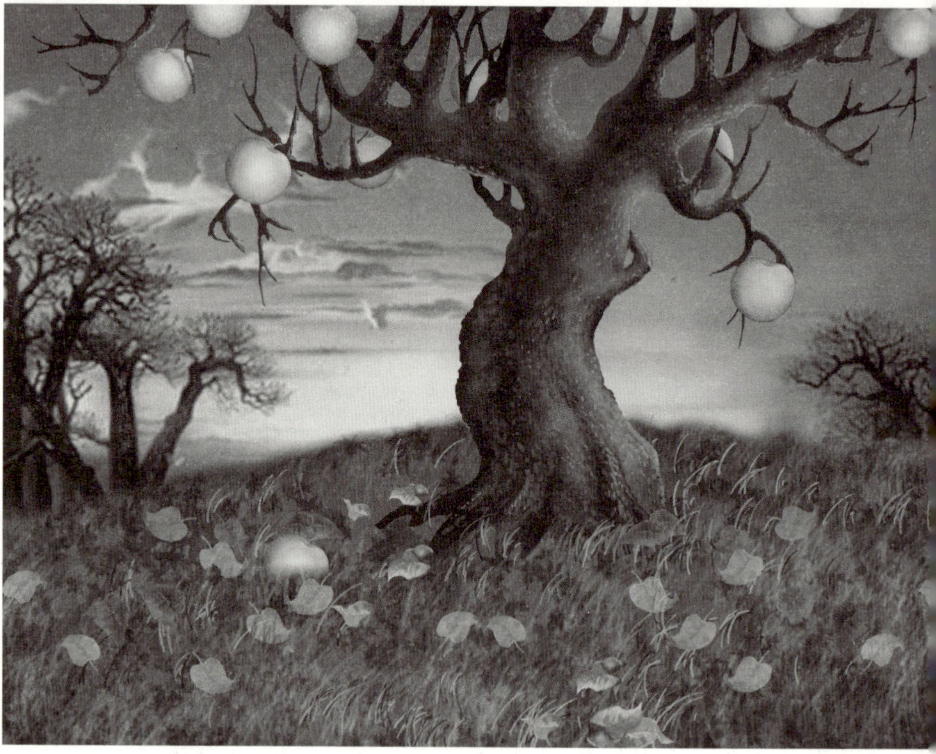

《果》之一　天柱山人 绘

现　在

2009 年 7 月 22 日

我尝试着叙述现在

只因它此刻存在　就在那里

像这盏日光灯的白

那么实在

你

就坐在我面前

一伸手　就能握住

我看见了此刻你眼睛里的我

一如你在我的眼睛里

有河水细微的声音从被单上流过

你我都可以轻易捕捉

是的　它在流淌

从未来流向今天　流向此刻

我一伸手

抓住了被单

我知道从此

你将不会在我的未来中

走远

2009 年 7 月 20 日

大提琴在歌唱

弓子　将悠悠的岁月拉开

时间之手将记忆来回抚摸

大提琴在歌唱——

那节制的低吟

是宽厚的父亲　走进晨曦的卧房

将哭泣的孩子　轻声呼唤

"不要过于沉湎那梦境里的悲伤，

不是所有的故事都必须说完。"

大提琴在歌唱——

那沉郁的低廻是一阵夜风

来自潮湿的南方

带着夜行者的光芒　救赎干燥的北方

"不要急于将金黄的颜色披上，

不是所有的赠予都需要偿还。"

大提琴在歌唱——

而炉火　将生活的杯盏温暖

沉默之言将黑夜之海　驱散

窗外　晨曦微亮

我听见　喜悦的颤抖

在生命的血管中流淌

果实　在大提琴的身体里

自由伸展

母　语

给藏族同胞

2010 年 3 月 2 日

在他们看来，我是"你"、"她"

或"我们"

而在你眼中，我是"汉人"。

第一次，在一个全新的维度里

观照自己，我看出了陌生

或透明

但假如你愿意直视我的眼睛

你将能从中念出　你最初的

母语

岗拉玉珍*

（一）

那一刻

我闭上眼睛　跪在佛前

噙着满心虔诚，告诉佛陀

我有了一个藏人的名字，

祈求获许他沉默的应允。

而当颤抖的唇开启，

却怎么也想不起

我的名字——

瞬间，一大朵白色的空无

占据了我。

我感到那不只是一瞬的意义，

倒像是轮回的一世。

第一次，如此惊吓，

被自己。

一个声音，

宛似来自梦中的告诫：

醒来吧醒来，

错过，便是一生!

我曾渴望失忆，但绝非此时。

佛的意志，莫非黯许了一个新的起始?

这个念头一经跳出，

我被喊出了我的名字：

岗拉玉珍

（二）

我梦想着去佛陀指向的地方

开一间酒吧，名字叫：岗拉玉珍

没把握，宗喀巴大师

是否会为一个迷途的异族女子

加持她幸福的来世。所以我只能

守望今生——

我要在每一个瓶子上刻下他的名字

让他在每一个孤独的日子里

都能轻易地找到自己。

《岗拉玉珍》插图 杨業茗 摄

我要在每一个杯底印上我的名字

让他一次次喝完，又一次次注满

我不亏不盈、透明的心。

★注释：此诗记录了作者亲历的一个瞬间，
发生于 2010 年 3 月 19 日浙江三门一个名
叫"多宝讲寺"的藏传佛教释迦摩尼金像前。
据传，藏人习惯让佛陀或上师喇嘛为自己取
名，以示赐福吉祥。作为汉人的作者心怀着
新生的名字跪告佛前……"岗拉"指雪莲花，
"玉珍"指绿度母女神。

除了爱，我没有明天

2010 年 5 月 4 日

（一）

我不知道等待的时日有多长，

无奈，相遇只用了一个瞬间。

那一瞬，你冰刀刻就的字符

在我心上凿出血痕，一记一记

像新的使徒翻开古老的预言，

寒剑刺痛双眼，

激闪灵魂深处的幽泉……

直到一滴一滴蓝色的火焰

从眼中溢出：跳突、翻滚

无情地跌落在

我难以平息的胸前。

（二）

为什么

要由我来说出人间

这许多喜悦与悲伤？

当潸然泪下，请容我

向曾经途经我生命的阳光、清风、雨露

以及每一个感动和被感动的瞬间忏悔——

我有罪！因为我有爱。

（三）

小鸟使劲儿地啁开了黎明

我使劲儿地将头埋进左手的臂弯里

任帘外，桃花竟开，无数。

"嘘，别喧喧闹闹的，如此不谙世事！"

我推开窗，对着那东西怒叱：

"就不能安静点? 像个成熟的女子。"

（四）

要具备怎样的城府才能抵御

那不期而至的冷剑?

在他缄默的手腕中

躲闪命运的戏弄。

我低下头，久久地找寻拒绝的尊严

却发现自己

早已泪流满面。

（五）

为什么会有"泪"？

又为什么人们总把它比作"花"？

当视线

从那一行行隐痛的字迹移向更深的空洞

我不禁伸出手，

捧住了这一个初夏以来的

第一朵"花"。

（六）

"石头的生命不会终结，

因为它死一般活着。" *

并不是每一分钟都很坚强，

当生活那细密而安然的绳索勒得太紧时

我也会想：就此死去吧。

但眼泪禁不住啊，四散在脸庞

提醒我：生命的体征依然鲜活！

（七）

如果欢乐源自麻痹，

我能给你爱的罂粟。

但我无法让你永久地沉睡，醒来时

你依然会问：我在哪里？

小歇一会就上路吧，只是记住：

我等你，在每一次回眸的深处。

（八）

请不要跟我谈及贫穷，

炫耀你一无所有的高贵！

如果愿意，

我愿用我的一生与你的土地

交换。

（九）

激烈也好，平淡也罢

生活在当下，幸福在未来。

而未·来

就是希冀中的一个又一个明天；

一个破灭，还有下一个在等待。

我们将抵达幸福的极地；

明天，我们将收起羽翼；

明天，我们将为灵魂安一个家。

★注释：引号中为叙利亚诗人阿多尼斯的
诗句。

卷　六

珍　珠

2009 年 9 月 20 日

我从大海的深处

取出一颗熠熠闪光的真理

羞涩地　将它佩戴在颈间

顿时　通身透明　灿若星辰

那种荣光啊

即便风　也无能为力

★注释：此诗插图摄影师周元根为作者的
父亲。

《珍珠》插图　周元根　摄

诗人的玫瑰

2010 年 2 月 7 日

诗，

是血泪人生换来的舍利。

孕育自阴郁的岁月土壤，

在阳光的影子里

——呼喊太阳。

它高举的玫瑰，

充溢欢乐的悲伤，

高傲的头颅，散发灵魂的馨香。

众生啊，

若能从花蕊的火焰中

提取舍利的诗篇，

请你将我摘下，在心中默念。

语言之花

2009 年 9 月 16 日

我从哪里来

风，如是说

我被语言推着

往前走

就像风

推着自己

风，一吹

便过

而风信子

飘落

我生长在哪里

种子，如是说

风遗忘

而你滋长

你的语言

是血液的脉管上

开出的

花朵

诗人之死

——献给流亡诗人

2010 年 3 月 1 日

（一）

诗人之死

于演说家而言是最大的仁慈，

终于，他们得以优雅得为他的一生

盖棺定论。如同修整周末的草坪。

剪掉玫瑰，或拔掉棕榈，当然

也可以另外再种些荆棘。

（二）

他不再说什么

只留下一颗星火的信念

在身后的尘世，作为再生的

惟一赌资。

（三）

那个渡口，

将有一双手

迎接你载誉的凯旋，

并为你缄默的一生献上

怒放的玫瑰。

无须羞愧，接过它——

如同接过你一生的 第一个黎明。

海 子

题记：海子，我不推崇你
　　　但我，说着你。

2010 年 3 月 2 日

海子，

你留下了几个世纪都无法填复的遗憾，

如同流星刺破宇宙划下的生命之觞。

悲悯说生，残酷言死

不可撼动是你的离去，

已离去。

你被吹散的灵犀再也无法返身此岸，

无法在烈酒与残灯的喷薄中

构筑思想的围栏。

但你以残缺说出了完整的真相，

以离去喊出了你想活着的愿望，

是的，多么想！

而今，两条冰凉的铁轨之上

留下了一个赌徒用生命浇铸的

永恒的疯狂！

莫非圆满的故事必须总由悲剧收场？

明智，却与情绪无关。

黑夜中，人们听见一颗匍匐于大地

尘土之上的心脏，奔泄着

年轻而又血色的梦想——星夜兼程——

搏击，搏击——搏击着生命

不灭的绝响。

京郊的窗下，有人在一次次拉动你的帘

岁月中挑灯的小楼，逝水而去，划向深处的村庄。

他乡，梦幽长。

你没有被遗弃，
而是被托举

——致诗人嘎代才让[1]

2010 年 3 月 11 日

残酷，不因叩问而改变其狰狞。

当命运的黑铁，注入你绛红的血液

一切静止、凝结。

人们面对幸福时的希冀，

于你，却以突显痛感切肤存在的真实。

天空。迅疾荒莽，遁入不复。

大地。封裹着冷的事实，似春风转身后如铁的

泥土。

时间。一点一点，窒息你的痛，直到深色的苦难

矢失宣泄的意义。

苍鹰，孤绝的飞翔。

绝望……绝想……绝人……绝地……绝裂的悲伤!

可是还有什么?

还有什么形色的悲伤

能触燃更入骨的疼痛?

一个被框入过最没有美感的凄楚中 风干了语言的

黑色脸庞，还有什么命运的试探

能穿凿其无边绵柔的悲伤?

夜的群岚，虚张着黑暗的声势

高原的处子，经卷中期许的光

你银色的腰刀上，凛烁着母亲眼中的月光

和父亲从太阳中摘取的光芒

它们因孤独而丰盈，因冷酷而锋刃

举起它，刺醒沉睡的天宇!

以苍生之名，

在天地间划亮你的名字。

有人

自滂沱的雨季传来"啦嗦"[2]的歌吟：

你没有被遗弃，而是被托举——

你是苦难锻造的天宠、无泪的英雄

无字哀歌的风中之手。

注释：[1]"嘎代才让"为中国藏族诗人。
　　　[2]"啦嗦"为藏语中的敬语。

理 波

2009 年 12 月 7 日

理波*说：

帮我取个名字吧

你看马背上的我

好

那就叫你理波吧

从今往后

你是新的

新的理波

★注释：理波是作者一位朋友的名字，也是
诗人海子生前的同事、好友（海子曾留下一
份手稿名为《生日颂》——致理波和同时代
的人"）。此诗缘于作者与孙理波先生的一次
对话：理波表示想用一个新的名字写一些东
西，此诗是作者对他的回答。

另一个声音

（一）

"今天很美，镜子告诉我。"

"色彩与珍珠欺骗了镜子，

镜子欺骗了你，

它也被你欺骗，

而你欺骗了你自己。"

（二）

"我想我可以把握一些事了，

日子让我变得成熟。"

"日子是一把剪刀，

你将别人的花园据为己有，

在别人的花朵上表演你精湛的裁剪技术，

并从容的接受赞美，

而你的花园不再生长。"

（三）

"除了这里，我还能去哪里？

孤独来时，我如何拒绝？"

"是我在问你。

孤独时孤独陪伴你，

我能看见你，

你却不知我在哪里。"

一个出售灵感的女人

2009 年 8 月 6 日

哦　诗人

如果你是一个家园的名字

请抛弃我

将我拒绝在门前的阶梯上

像无情的情人喝了忘川的汤

呵斥我跌回故乡

皈依麻木但欢乐的尘寰

在思想的睡眠中

我悲哀地发现：

我竟是诗歌的磁铁

而所有的符号

都是善变而经不起诱惑的亚当

它们随时幻化成各种面目讨好我病入膏肓的神经

时而连成一片　如云的天际　银白的岸

时而颗颗分明　如饱满的果实　欲破的茧

我甚至有把握

假如让我与上帝呆几个时辰

第二天清晨我竟敢于替他下达旨意

可这

并非我所想

请解除我的天赋

我分不清它是神明的语言还是魔鬼的符咒

我已然与精神魔幻者交上了朋友

眼睛即将失明

身体也将孤独无依

直到尘世与天堂的路径都对我关闭

哦　苍白的手指

该拽紧谁的衣角　向谁声讨

是谁让我充当风中的歌者　为谁祈祷

哦　亲爱的　你听啊

那枚尖锐而美丽的绣花针在哭泣：

今夜　请拉住我的手　彻夜长谈

用人类最初的语言告诉我

童话中的小屋

依然无恙

你笑着说：

傻瓜

我们说话用黑白分明的眼睛

注视用黑色的光芒

写字跳跃着分行

而"忧伤时韵律丛生"

灵感却不能转让

那是危险的情境　疯狂的雷区

可传世之作

总是诞生于精神危机的边缘

我笑着回答：

是的，神经病之间

总是能相互理解的

然而今夜

我要向众神忏悔

虔诚地归还我曾向天堂的果园随意窃取的神秘

之火

归还你们的语言

今夜

一个失明的女人

在河边轻声叫唤：

出售灵感……

一条手臂的距离

　　题记：我离伟大，
　不过是一条手臂的距离。
　善良的读者，请把这些文字，
当成分行的日记来读吧，但别指责诗歌。

2009 年 11 月 2 日

当人们恨不得扯下短衣的袖子当扇子，

一尾迅猛如灾难的寒流

切开了温热的阴谋。

呵，这一见如故的阴谋，当

温热　遭遇　寒流

　　　等于

诗歌　遭遇　日常生活

其导致的直接后果是：

病毒型　重症"感冒"

惟一知情者为我开出了

惟一可能有效的药方：

离开诗歌，或

离开日常生活。

人类所有错误的根源

都出自选择，而我又一次

面对狭路相逢的木讷。

要说清这个问题，还得借助公式：

温热　VS　寒流

VS　我　VS

诗歌　VS　日常生活

什么是诗歌的温热?

一个原本正常的人

走进桑拿房，以健康的初衷

收获几近瘫痪的躯壳。

什么是日常生活的寒流?

同样是文字

"它"的一册等于一句

"它"的一句却抵过一册

而我所无力舍弃的

正是将无聊的前者

变成两册,或更多册

人们在清醒时步入诗歌的沼泽,

但沉醉其中的一定不是清醒者。

它一点一点

将你的生命挤压成波德莱尔的奶妈

那干瘪的橙子乳房*

直到尖叫——

直到无可救药地迷恋于尖叫——

直到渴望这叫声的通道细一点，再细一点——

以拼得一记更尖锐有力的

唤醒真理的

尖叫——

看不懂吗，敬爱的读者？

让我告诉你：伟大的诗人

无不在这样的残酷中实践着，

而拯救和毁灭他们的

正是这强大的日常生活。

这是什么样的沼泽？

又是什么样的陷入者？

陷入　拉出　陷入　拉出

一边是令人迷醉的死亡之美

一边是一条快要脱臼的手臂

诗人伟大的幸福

在于他伟大的痛苦。

幸福的人儿啊，

别去效仿那些个穷途末路的诗人

如何以呕血的生命

换取几行悲鸣的诗句。

★注释："干瘪的橙子"这一意象取自法国诗
人波德莱尔《恶之花》"致读者"。

2009 年 11 月 2 日

一个人的剧场

题记：与人争论产生雄辩，
与自己争论产生诗歌——叶芝

当秋天

还在炫耀她及地的长裙　如何触动了

质地相近的心灵，惺惺相惜于

人类伟大的共鸣而欲罢不能时

冬，已按捺不住孤傲的脚步

似一个内心冰冷的诗人——

虽孑世独行，却终不致拒绝

一双欣赏其缄默气质的眼睛。

因立秋冬，故不开展春夏的笔触

　　　　但万物生灭皆相同，一岁一枯荣

岁岁皆枯荣。

交集、接替，何其匆匆？

一切感动　都是重复的悸动？

一切崭新　都是陈旧的伊始？

一切获得　都是失去的前因？

一切悲喜　都是寂灭的缘由？

一切依存一切，

一切重演一切。

是谁

在墟烟里感慨：

"人生如戏？"

有人搭台，有人唱戏，

有人悲，有人喜。

脚本错综复杂，人物兴衰更替，

看似时演时新，终是陈旧主题。

芸芸众生，息息生灵，

风景成就风景，

有心上演无心。

"但万物轮回！"

何为轮回？

轮回之后，又是什么？

还是轮回？

　　　　然，智者深沉：

"法道自然！"

何为自然？

在众妙之门中，有谁听见无声的尖叫

回荡于襁褓温房、辉煌厅堂

　　　　形色街道、无人旷郊

……

先知镇定：

"真理不灭！"

何为真理？

冰凌巅峰，人烟渺稀。况且

他之显现，总是冷漠如星空的法则。

苍天的帷幕一经拉开，

谁能言及大地的结局？

　　"自然之上，真理之中，

终有主导！"

云端之上

唯他是孤独的观众，

坚守着　一个人的剧场。

诗人的名誉是寂寞

> 题记：不为名誉而写作，
> 　　　诗人的名誉是寂寞。

你怎会忘记你是如何潜入深黑的海洋

掷以掘地千尺的信念，以飞鱼的箭影

在洋面划下深邃的思想

天空是唯一的朗读者，将你的宏伟铭记成博大

而沉吟处，风　雨　雷　电

难道你曾惧怕思想的暗礁，飓风的围剿？

不，你崇拜愤怒，亲吻冷漠

在静默的风暴中开辟海洋的路径

完成天堑通途的伟大构想

你是海洋的探秘者、思想的冒险家

注定的自诩之王

仅接受自己的手为自己加冕，除此

一切皆是虚妄

没有一颗喧嚣的心能结出透亮的果

你比夜空的星辰更清晰：诗人的名誉是寂寞

可当无彩的花环在空中飞扬

为何你不禁伸出背叛的手臂，出卖贞静的海洋？

拽紧充气的救生圈，漂浮了躯体，沉没了信仰！

给我，你苍白的手

让我们在海底触摸深黑的黎明……

卷　七

诗琴画意

（松竹梅）

2009 年 7 月 8 日

清露。

滴竹。

尾细细。

暮雨生凉意。

风止。

帘动。

琴寂寂。

白雪铺案几。

画梅无须着颜色，

且取琴中意。

听松何必弄玉弦，

共约画中行。

石 子

立命于这轻浮尘世的一隅

一个稍纵即逝的命题正在挑战着我的意志

似一种恍惚的禅意

如你瞬间感到一颗石子的存在

甚至能在心中掂量出一种重量

感到它的

不听不闻　不动不变　不悲不喜

感到一种经得起一再讴歌

也不致改变其质地的品质

感到它的平凡与伟大之间可能存在的关系

感到它哑然的倔强与道路的远方之间必然的联系

而回首伫足时

却淹迹于芸芸众石

在客观存在中再度失去了真实

于是你开始捕捉自己

回到思想的线头

试图梳理出一种类似于诗歌的经验

却猛然发现自己之所以平凡的证据

在于找不到一个词汇能与之相匹

于是你怅惘于

得而复失

还有多少这样的声音在无声处低吟

欲探访时

它却如桃花源的秘密

又如一种恍惚的禅意

金　子

2010年1月24日

通常我会径直走向清冷的角落，

黄金法则告诉我：

宝藏总是存在于遗落之中，

正如丰沛的泉眼总在隐蔽处显现。

畅销书柜，冲着大门，

以便能被视力优异者顺利发现。

满目琳琅中也许暗藏金子，

但漫天飞舞、迷人眼睛的总是尘沙，

伴着金子诞世，随即流逝。

不可思议的规律则是：

金子一旦被淘出又必将归于冷寂，

始终畅销的是淘金者不倦的热情。

是金子，就会发光。

可又有哪颗闪耀的星辰

不是首先接受了灰暗的夜空？

忧　郁

2009 年 9 月 1 日

当我注视着我所爱的人

并向他描述我的幸福时

他说看见你了

就坐在那里　有着游丝一般的浮动

如一盆生长中的兰　吐着烟的渺茫

欢乐与忧伤都变得不那么确切

我犹疑于　我的并未完全离去的语言

它分明还闪烁着爱情的欢愉

你竟何以如此幽幽

幽幽地在我犹疑时扩大了你蓝色的阵容

使一个撒谎的人被迫将谎言敲笃成事实

当我沐浴于阳光

数着金色的晕眩时

海边孤独的行人停下来告诉我

说看见你了

就在那里　在那一把流浪的长发里

哼着多声部的歌曲

太阳的光线像雨丝一般纠缠于飘浮的声线

欢乐与忧伤都显得不那么确切

而夜色正降临在我的眼睛里　薄雾四起

如一地踏碎的月光

我犹疑于　我的并未完全落下的手臂

它几乎就要触碰到阳光温暖的重量

而你竟何以如此幽幽

幽幽地在我犹疑时晕染着清醒的梦游

像一缕被折回的光线剪下的

叶子的影子

我走了

扔下你潮湿的温柔　独自离开

任你在我的身后

弥漫开来

奔　跑

2010 年 01 月 16 日

就速度而言　语言是多么迟缓

遣词运句间　它早已刺破一切狭隘的想象

孤傲地在笑容深处　奏响凯旋

像目光之于箭镞的光芒

尾随　而无法率先抵达

就姿态而言　语言是多么造作

可以赞美翅膀　歌唱飞翔

但何以描摹生命的自然

那点燃奔泉喷薄的根源

当你狂喜于笔尖

猛擒了一星半点伎俩的瞬间

它已然定格成了你心中

那难以复述的沮丧

在生无所息的运动天体中

文字唯余的价值

是摄录奔跑者穿越死亡过道时那一声

遗落于生命尽头的

爆裂的嘶喊

以纪念我们曾如何高举过

生命的信仰

渔 夫

致某乐队指挥

2009 年 10 月 17 日

起初一片寂静

是突兀的小号　这鲁莽的醉汉

刺破了听觉的现实

一个虚构的世界　一扇虚拟的门

就这样被开启

"欢迎观摩我的日常生活"

那指挥这样说

我不能否认我对他背影的向往

当一个人的寂静

成为能够与众人分享的表演

如同一个意象　一支歌

一边书写一边被自己的身体朗读着

"而且没有人会说我是疯子"

这疯子这样说

世上最美的舞蹈是"无我"

他足以炫耀

乐音在乐手们的眼睛里

而眼睛的线牵于他的掌心

有时缕缕分明　如水的衣裳

有时缓缓蠕动　似不安的触角

有时又拧成一团　像愤怒的风暴

掷向远方

这线条的暴发户　声音的上帝

一把一把挥霍着灵动的光芒　黑夜中钻石在飞扬

又似虔诚的渔夫　摊开又合拢的网

"那流动的手掌　难道真的握住过什么"

人群散去后　他这样想

2010 年 6 月 30 日

乐　墅[1]

阿文[2]

是木头凳子

也是酒吧小二

无须过多想象

看到怎样便是怎样

木头凳子　像一杯水

酒吧小二　是平凡的俗子

你的生命

也许需要更多的物质填充物

但很多时候

你首先需要的　恰恰只是

一个木头凳子

所以　快乐的时候

三五知己适合　独酌当歌亦可

但假如遇上

那排遣不开的忧愁

请告诉阿文：

我是舒羽的朋友

那个沉默而消瘦的男人

会陪你喝一夜酒

注释：[1]乐墅"是位于杭州滨江区滨盛路
　　　4319号的一个酒吧的名字。
　　　[2]"阿文"是乐墅酒吧的主人，也是
　　　作者的好友。

2009 年 12 月 10 日

餐巾纸格言[★]

我在中间

一个人　在异乡的小餐馆

玩着纸巾……

你的短信是"没有可以显示的内容"

于是　我继续玩着纸巾

打开　又合拢

打开　又合拢

……

我的前方

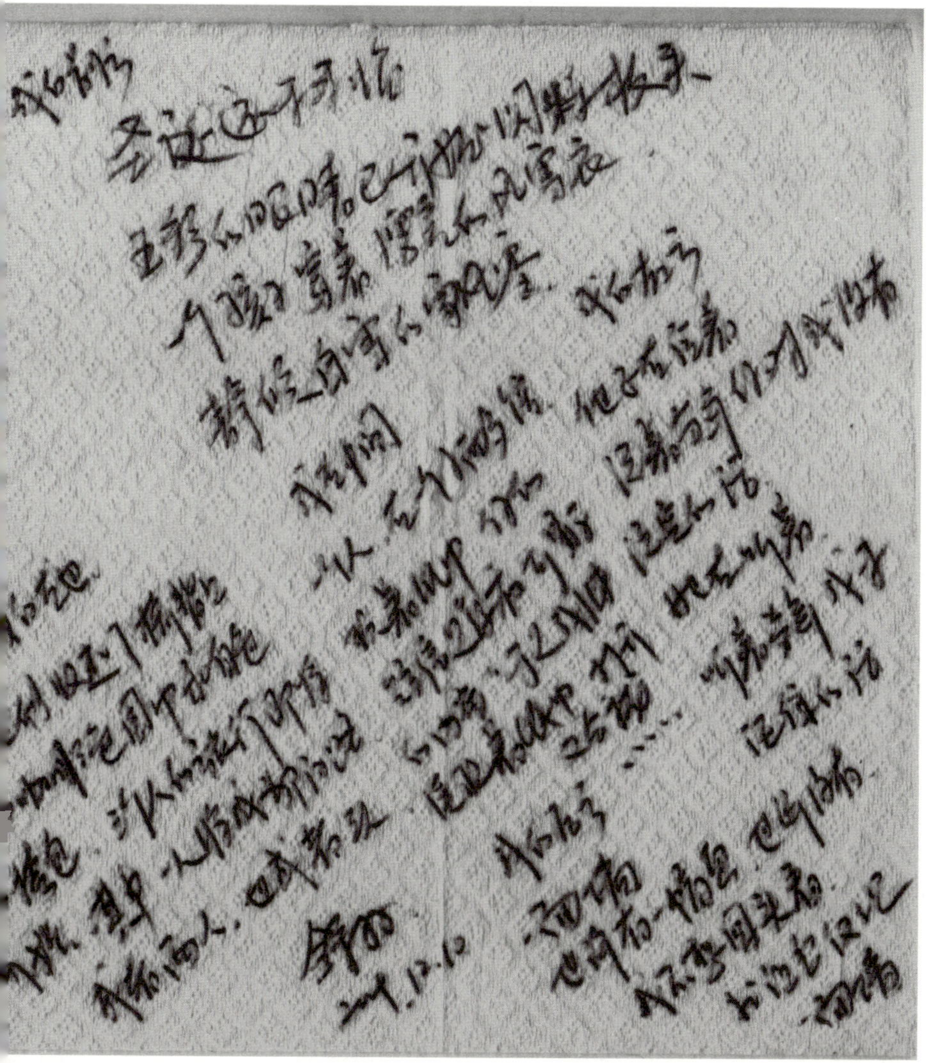

《餐巾纸格言》插图

圣诞节还没来临

五彩的眼睛已在冬青的枝头

闪个不停——

像一个虔诚的小孩，早早地

将风雪衣帽穿戴整齐

期待着白色的花

一朵一朵

飘进澄澈的眼睛

我的左边

他们收起了椅背上

咖啡外套、玫瑰背包

以及米色长柄伞

三个人的旅行即将开始

其中一人将成为陌路

或者三人

我的右边

他在说着说着

说着当年你没有对我

说完的话

她低头听着听着

听着当年

我没能记住的话

我的后方

我的后方是一面墙

也许挂着一幅画

也许没有

我不准备回头看

就让它保留着应有的想象

都市情歌

2010 年 3 月 29 日

收音机里，情歌像木棉一样开放

伸出的手指，曲张间有一种元素

被点燃。这很自然。

呼一口气，将头轻轻靠在车枕上

目光举过天窗，遭遇了光芒的手掌。

皱眉——我感到阳光的力量

那不需回应的执意普照，

一生中恒常的灯盏。这很安详。

一位在麦田里守望的牛仔，

拨弄着都市的弦，宽广而忧伤：

"那就这样吧，再爱都曲终人散了，

再给抱一下，吻一吻你的长发……"

日子很长，爱情短暂。这很温暖。

车，跑起来了

在城市道路的无限谱上。

木吉他的音符，抖落在

2010 年 3 月 29 日午间杭城的街道上。

透过车窗，我在笑。一个瞬间。

NO, I DO

记香车名模

2009 年 11 月 26 日

她一出场　风便开始惆怅

世界　立即以她为中心

展开了圆周的律动

男人的欲望　席卷其中

伴着莫名的懊丧

她笑得很有把握

从夜晚的梳妆台

到男人眼中的镜像

美得讯息袒露无余

如撕破的衣裳　又似希腊人

发现断臂雕像时的

一声惊叹

卷曲的发丛潜藏妖娆的密码

哦　优柔的力量　罪恶的花

蹑脚的猛兽在她喷香的意志下

充溢温柔　而暴力涌动

有时只为倾诉衷肠

……

最令人绝望的是那冰冷的修长——

背的弧线　裸露得足够坦诚

似一句剥夺了一切修辞的告白

难以计算

她被拥揽了几多遍

在他们各自私密的空间

她无须开口

嘴角的线条便发出了一记蠢动的信号

像邀宠的孩子　求吻前的预演

哦　那摄人心魂的

眉角　眼梢

……

男人在心中问：

Angel！你不知道你究竟有多美?

她在心中答：

No, I do.

裸　体

2009 年 7 月 12 日

我只想

呈现真实的自己

可套子里的你

却总在逃避我的裸体

既如此

又为何一次次回来探视

难道在我身上

也看见了你自己?

无垠之声音

2010 年 5 月 14 日

突然感到沮丧，并非莫名

感到周遭的存在，随性而肃穆。

我的失落在于它并不屑于我的存在，

从未有过如我这般的犹疑、顾盼和观望。

它在每一个此刻中穿梭来去，

犹如人群中你认出一张脸，在喜泣相迎之前

发现他（她）的目光里

从未发生过你们的时间。

强大的无辜啊，有序的无常！

佛说：无挂无碍，我理解为尘埃。

轻轻悬浮的一生，

在无垠的时日中随风而逝。

但何以解释尘埃的触感？因何而存在？

从生物的人类走向世界的尘埃，

完成一次宇宙物质的集体创造与堆垒，

人与人的关系终究化为物与物的关系，

而我们——

只是一种需要被解释的成分，

那未来生物标本中的一个概述。

在抽离与更替中，持续留下的

只是声音？那不可触，

并不断变奏着的声音？

一条通道

2009 年 7 月 23 日

我站在通道的一端

另一端是极致的绚烂

我的使命是：捧着许多人的使命

穿过它　穿越这幽暗

将绚烂推向更高的绚烂

孤独　是除却自己没有别人

孤独　是守护你的孤独 不予人知

独孤　是笑着笑着说着说着

直到自己忘记了自己的孤独

自从被选中的那刻起

我便知晓　想要赢得掌声

就必须　首先

穿越这份孤独

人们喜欢看我挥洒自如的样子

我也一直按着人们喜欢的样子

挥洒自如

然而我在过道那一端的心情

喝彩的人　不会知道

在灯光熄灭前离去

2009 年 7 月 24 日

这一次

我在灯光熄灭前离去

将落幕时那一浪浪掌声

和动人的告别陈辞

留在身后

没有人会在乎一个剧场曲终人散的冷寂

那是一个帝王热刺刺金戈铁马省亲后遗落的花园

繁华过后　谁会在乎一个守园人的心

如何从热切走向荒凉

没有人会在乎一个倡优含泪挥别后的炙热

那是一个穿戏服入戏难　脱戏服出戏更难的梦魇

锣鼓声后　谁会在乎一位帝王

如何摘下王冠　洗出一脸沧桑

何必感伤

何必缅怀那些虚妄

在一个追求速度的时代

请敲响马不停蹄的节拍

我们被要求摧毁和建设同样的快

走吧

在灯光熄灭前离去

别拥在散场的人群里

卷　八

当时也是这样

2009 年 8 月 6 日

当时小鸟也是在这样的午后阳光的阴影中跳跃

它唱的歌谣与我心中的一样美好

哦　你知道的

有许多人沉睡在那座山坡静谧的墓地里

他们以同样的姿势躺在同一块土地不同的泥层中

深深浅浅　像同一个季节不同颜色的叶子

我时常静静地从他们身边走过　有时也会在不

远处独唱歌谣

当时江边的狗尾巴草也是在这样的黄昏的天空
中飘摇
它的絮絮叨叨是只有夏末的知了才能知晓的爱的
萌芽的信号

哦　你知道的

那片草场和那条灌溉草场的水渠小道是我最爱
的幽静
隽秀的富春江就在它的右边深情地流淌如月夜
的影子
时而湍急时而徐缓　哦　它自己并不知道
全在我脚步的欢快与迟疑　还有远方信笺中的
语调

当时那座彻夜不眠的高楼也是这样开着一扇不
眠的窗

幽暗的灯光下藏着一条前往梦想的通道以及那

份独自品尝的寂寥

哦　你知道的

青春的问号总要偿还一些微笑背后的坚韧　才

能延伸为一个感叹的符号

无论是沉默地接受还是告别时潇洒的挥手　过

去的总是美好

别问那一切是不是比此刻更好

你已将一切涵盖并代表

当时也是这样

也是这样安静地坐在你身旁

就如同我此刻叙述着过去一样

哦　别惊诧　命运的时间表并没有走上岔道

只是当时你并不知道你能将我明天的一切代表

甚至过去的记忆和未来的航道

是啊　当时也是这样

可你　怎会知道

2009 年 6 月 9 日

失眠的蔷薇

蔷薇一再失眠

在失眠中一再梦见　与你的时光

哦　那与你的时光

没有花香　也没有蜜蜂的匆忙

却为何分明看见空气在酿着蜜?

如同小雨打在透明的窗棂上

一滴……

一滴……

跌入爱的迷潭

跌入爱的迷潭

一滴……

一滴……

如同小雨打在透明的窗棂上

分明看见空气在酿着蜜

然而没有花香　也没有蜜蜂的匆忙

哦　那与你的时光

蔷薇一再失眠

并在失眠中一再梦见　与你的时光

柔软的痛苦

2009 年 6 月 22 日

"要不了多久

其实已经来了

我将因你而痛苦"

"那就让一种痛苦

去制止另一种痛苦的可能

不　不要陷入"

"来不及了

我一抬脚就陷得太深

你太柔软了"

2009 年 7 月 17 日

井底之蛙

没有星星的夜晚

城市里嗅不到麦子的金黄

就让我们再信一次童话

做一回快乐的井底之蛙

我会喋喋不休地纠缠

直到你信了　那个盲人的月光

是为我而明亮

在井底，抬头看：

天空是一轮永恒的满月

人生并无缺憾

2009 年 8 月 21 日

给我一本书的时间

今夜

准许清风卷起岁月斑驳的帘

让十六岁的阳光浸透梦的窗棂

任肌肤瓷密的网滤过月光的遐想

筛落晦涩的事物与晦涩的意象之间的关联

像孩子的啼哭仅欲获得一个拥抱，今夜

我只想找回遗落在一本书里的时间

探访故事的从前——

那座逝去的城堡小屋上

曾有星星的倒影散落成雏菊的影像

白色的衣裙起舞于宝蓝色的穹庐

颈间的贝壳装点夏季的海洋

那一年的书信，滚烫

哦，是谁在我迎风的发间，说：

你听，贝壳里有我们的爱情在歌唱!

想问一问，那个羞涩的少年，

如果这一次我敢听，你还想说么：

"给我一本书的时间，我要把你写进

我的童年、少年、青年和中年

直到拐柱上崭新的童年!

让我们在里面永远　永远……"

生活啊原本简单，

是时间的叠影、思绪的飞梭将其织简为繁。

总想刻画一张完美的脸，

心灵却在涂改中流离忘所，背离家园。

今夜，

像孩子的啼哭仅想获得一个拥抱，

我只想找回遗落在一本书里的时间，

探访故事的从前，寻找一张清澈的脸……

爱是一种革命

2010 年 3 月 4 日

我只能说，爱是一种革命。

不然，何以解析空气中分明袭来的毒素

揉捏无数个季节与十三种以上的色彩混沌生成

的利器?

熏染者　死于幸福

而灵魂　无家可归

如此雷同，轻盈的致命杀死过

世界上每个角落的众多心灵，即使多年后

岁月的水面修复

石子仍在记忆之渠中雕刻着河床的底纹

只是再也难以区分

疼痛与幸福、怅惘与欣慰的不同

朋友，我说"爱是一种革命"

不知你是否认同

如你不曾遭遇，在乱箭的战役中逃生至今

那么，幸运的你啊

推开门，撒开童年的欢腿

奔向夏季的旷野吧

艳羡你，不满十六!

千里之外

2010 年 2 月 21 日

我注定孤独

在痛饮欢乐之后

你该知晓这个道理　也该懂得微笑的

另一种含义

最后一次

我去到相遇的堤岸

沉默的渔夫　解开了轻舟的缆

我散开了长发

苇风青郁　飞鸟掠过烟云

隐匿尘世　却在千里之外传来声声——

啼鸣

爱情短章

2009 年 12 月 12 日

矮　墙

砌一座矮墙　用时间的砖

我会记得让花朵

装点伤痕　遮盖忧伤

亲爱的　我只能如此

如此委婉地拒绝

那内心的激荡

爱　情

为赶上那相爱的瞬间

你我气喘吁吁

因害怕别离

又不自觉地体味别离

殊不知　爱的玄机正藏于此：

想走远　却更靠近

汲水者

一个井边的汲水者

背负着永远的干渴

不是水源不够充足

而是他的桶　深不可测

追　问

不要追问

你在我心里有多重要

有些份量　难以估摸

重要的是：

你能否承受我一缕青丝的

垂握？

痉　挛

我踩着一叶浮萍去探望你

却跌落在你举目前的光芒里

水波像痉挛的肌肤

皱起了爱情的疼痛

在意与不在意

你说　它在那里

我说　在哪里

你说　我在意而你不在意

我说

我在意在我的不在意里

是你没在意我的不在意

诗与爱（一）

诗　在诗与不诗之间

爱　在爱与不爱之间

你　在你与我之间

我　在我与你之间

诗与爱（二）

我看见

我的诗在你的普洱茶里

幻化成了随形的液体

你一吐气　我四处漂移……

吻

它的温度难温一壶酒

却举重若轻　碎了一季的冰

身体轻盈飘上了云

云的叶子　鱼的唇

轻触即离　被风掳走

哦　大地失眠长达百年之久

至今埋怨着风

咆哮的火山

沉默的火山

正在梦见咆哮的宣泄

我坐在山顶

他的隐匿　清晰可见

他的沉默　震耳欲聋

竖　琴

哦竖琴

回到天神的仓库里

别再撩拨他的旨意

我的爱情已在脚尖起舞

若来不及脱下舞鞋

在他进门之前

我只能将头埋进竖琴里

......

为　你

为你

我回到童年

将那个衔着雨丝任意漫游的女孩带到你身边

你说守候

将从下一个雨季开始

坐爱情的牢

落雨了　避之不及

那是你冰冷的热带雨林

世界在你的宣泄中死寂

于是　我遁入了你编织的雨牢里

在从天而降的沉醉中

自斟自饮

……

弦

我　被挂在弦上

无端地激荡

曾经放下的一切

一切重新被提起

无休　无止

无藩　无篱

炭

让它纷飞吧

一切纯粹皆美好

即便是　蚀骨的冷

我的心

是风雪中的一颗炭

一路燃烧着 迎向你

石

这歌声，像一颗颗细小的石子，

敲打着我青涩的玻璃窗。

路灯下的影子，

可是你的少年?

书

我收下了

你的旧书籍

还有旧书里

泛黄的你

是谁在说：

一切历史都是当代史?

我将是你的博物馆

典藏你当代的历史

爱

你问：你怎么就找到了诗歌?

我答：傻瓜，是你找到了我!

爱，是最美的诗

是诗歌随行的侣

像月光　与月光下

你　与你的低吟

......

玫　瑰

当一支玫瑰

簪于一瓶烈酒

生命

燃起了五十六度的

悲喜

野　马

三个字　三匹野种的马

管不住撒野的尾巴

甩落一句呼之欲出的表达

从此　一骑绝尘　望穿烟霞

任那　万丈深渊　苦海无涯

木　鱼

你从干燥温暖的阁楼中

取出自己

穿过一条古街　找到我的眼睛

于是我的眼睛变成了木鱼

声声敲响你的足音

一滴一滴

像秋雨

滴落在巷子里

……

骨　玉

你送我一串骨玉

斑驳的身体　剔透的心

你说那是你的泪滴……

说这话时　你笑着

而我的臂腕开始下雨

西　湖

湖上没有月亮

近山远水挂满了 L 对 L 的呼唤

那水

冲溢全城

瓯　江

窗外

瓯江的水

在涨

但没有昨晚的汹涌

当时间离去

当你的时间离去

别问永恒在哪里

我会将灯熄灭

在黑暗中

沉默不语

孩　子

无论何时何地

无论你是谁的谁　谁的你

我只把你当成一个孩子

相信着你的相信

坚定着你的坚定

我的坚硬　是用温柔筑成的屏障

只为你的心灵　遮风避雨

老唱机

你是一架布满尘土的老唱机

活在我的未来　却伤了过往的心

今天正在成为不敢触碰的往事

有多少美好就有多少逝去

你正以离去的方式向我走来

带着初见时的欣喜

而我分明看见　那举起的手

唱着挥别的序曲

线条

正当我们感到拥有一切时

一切正在不可逆转的离去

说这话时　我正站在时间的尽头

返身向你微笑

而我的笑

也不过是光阴消逝前

变形的线条

爱情是灵魂的代言

爱情是从灵魂的栖地中飞出的彩蝶

每当你问我，关于爱情

我总是想到它

这与梁山伯和祝英台无关

与死亡更无直接关联

但与清幽、微笑、树荫、泉水、细雨

间或林间的几只小鸟

有关

爱情就是心灵

你能够倾听大自然的时候

你就拥有了爱的能力

如同宇宙赋予天空风雨雷电

爱情是灵魂没有号角的凯旋

当你爱一个人的时候

脸颊漾开蔷薇的芬芳

欢乐的道路在你脚下奔跑

云雀争相模拟你的歌唱

因此爱情是灵魂斑斓的衣裳

最任性的独子　最鲜艳的代言

爱情之于灵魂

就像萤火虫之于森林

点亮别人　也剔透自己

归　宿

题记：生命因安然而不息

2009年9月13日

你好！

嗨，你好！

回归森林，回到我最初的故乡

我本属于这里，这草莽与英雄一家的地方。

我的眷属们有的会飞（哦，这曾让我耿耿于怀，

梦里也尝试过几回）

也有的跑步飞快，可谁稀罕

跑得最快的是胆儿最小的

我一跺脚，他们一溜烟逃跑——

回来时蹑手蹑脚、鬼鬼祟祟，十分好笑。

至于我，哦

我靠在森林右边小溪左边的第五棵下

那是我的地址

落叶的来信上永远只写着春夏秋冬

但我知道它想说的话，调皮时故意讪笑它，

它急了也会把叶子砸在我的头发上，

这小小的暴君，优柔的力量。

我最羡慕的是野花，自顾自开放在无人的幽谷

哦，她从不知道她究竟有多美——

小小的衣裳，精致的裙装

是世上最袖珍的时装，众生难以效仿。

至于草儿，无愧于人们对它的歌唱

它是森林中最谦逊的长老，根基深厚绵延不绝

却从不像人们担忧的那样芳魂萋萋断天涯，

他们是大地的海洋，风的恋人，

要么集体肃静，要么集体喧哗。

《归宿》插图备选图片 摄影 李勇

这里没有悲伤，一切安然如初样

鸟儿安静的死去，叶子会掩埋他

叶子安静的死去，雨点会涤净她

即便那些豺狼虎豹们死去，飞鹰也会感激他

就是飞鹰死去，生灵也会虔诚地祷告他

至于我，永远靠在森林右边小溪左边的第五棵下

有时醒着，有时睡着

假如你来找我，正巧遇上我春眠不觉晓

哦朋友，请别过于怅惘

那一定是在梦见溪水的歌唱，沉浸于落花洁净

的声响

你该高兴，而不是悲伤

因为，孤单的日子已经消亡。

卷 九

寂灭的声音

2009 年 10 月 20 日

我被托举于时间的微尘如充盈于水的纸片飘浮

于流动着的静止之波

时间交汇出坚硬与柔软的合鸣成细密如发的纤

丝往复循环的拉锯着循环往复的自己

我用心倾听着时间在倾听着我的心灵

那是黑色纤维编织无边的布匹被丝丝抽离的夜

色发出持续不绝的寂灭的声音

直到黎明裸露出世界苍白的里子覆盖万物黑色

的躯体

四个轮子载着我

2009 年 12 月 11 日

四个轮子载着我

在浓浓的夜色中

穿透往事

树的黑影

连绵不绝地向我扑来

让我想起一切飞驰而过的事物

是如何遇见我　经过我

然后飞驰而过

今夜的树告诉我

迎面而来与背身而去同样的快

或同样的慢

是否也可以理解为：

它以抛弃我的名义

被我抛弃?

真理的直径

题记：背道而驰，
有时是追寻真理最好的方式。

2010 年 1 月 27 日

（一）

渴望拥有? 走吧，退后!

想要得越多，就退得越远。

如天空、海洋和爱

（二）

天空的辽阔，取决于飞鸟的心灵

海洋的博大，有赖于海浪的谦逊

一退，再退

直到接近真理的直径

无　题

2010 年 3 月 13 日

除了一再黯淡下去的天空

我只有沉默。

打开窗，灯火璀璨，繁华正好

而我，在词语之外的沉默中

一再坠落。

让我感到悲伤的是（也参杂着些许欢欣）

到如今才恍然啊

原来我并没有写过诗，从没有。

就像我一直未曾看清世界

那难以揣测的脸，以及生动符号背面

暗藏的玄机。

而生活依然张贴着欢乐的标签，

在遮蔽的色彩、窒息的空气中

夜夜笙歌。

我知道活着 是存在的一种状态

而我的痛苦在于：我开始思考

该怎样活着。

黑屋子

黑胶唱片如是说

2010 年 4 月 12 日

一个女人。对镜梳理着刚刚降临的夜幕

一色，一色，犹如祖母无声的哭泣……

屋子动荡。窗户如洞开启，

一个声音扑进来，像疯狂的幻影，

一句再也不能遗忘的耳语……

她奔向窗子，对着黑夜嘶鸣。

声音跌落，了无回音。深陷的手指，

在扭曲的木纹里失声痛哭……

长发在风中抒情，摇曳而充满节制。

远处传来隆隆的鼓声——

有一种液体，自黑夜溢出。

楼梯，像忽闪而下的命运。

恍惚中，谶语四起——

她高高举擎提灯的手臂，没有灯芯。

有人在门外哭泣——

石头滚落，如雨。风声鹤唳。

未展开的韵脚

致心中的蓓蕾·朵朵

2009年8月5日

你是众神呵护的

春天之外的姹紫嫣红

是神衹保留的歌谣下生长的温润之花

潘多拉的漏网之鱼

你是哲学家、数学家以及天文学家

历经无数次巨额代价的努力和尝试

始终无法换回的睿智与单纯

你是诗人心中

酝酿整个春天　久久盘踞难以成形

却从你牙牙学语的轻率之口

随意剥落的意象

你是天空与海洋

以及天空与海洋之间

最美的诗句

以及所有的季节到来之前

未展开的韵脚

为爱命名

2009 年 11 月 15 日

亲爱的女孩

我在今天早晨解开了系在心里

多时的疑虑：

如何照着母亲的样子

做一个你的母亲而不辱没母亲的名

母亲给我清晨被褥中静谧的阅读

和一臂之远的食物

给我清洁干爽的衣物和安逸的获取

给我如同空气定律一般的

母亲的奉献定律

这一切存在于我未曾抬起头的视线之外

那无声流逝的万物之中

但是女孩

爱的形状不能复制

孤独的命运抚养了我的母亲

所以她懂得了温和地给予

就像最了解黑暗的是光

母亲像一盏灯

无论房屋的四壁

如何从斑驳走向精致

她依然挥洒出温暖的柔和

一切伟大都是平凡

我相信这光与我而言

将足以解释永恒的意义

但是女孩

没有一道光可以复制

人非草木那般纯粹：

照耀 叶绿生成 凋零

除了身体之外我们更强大的传承

在于眉宇之上的细微差别

我不可能给你同样静谧的清晨以及

永远洁净的衣物

因为它们

是形成我的光线

而每个人

都是不可复制的独立

我的光线

才是生成你的源泉

就像我的母亲没有给过我坚强的沉思

但我依然坚实的拥有了它

作为一个母亲其完整的意义

正由于我的生长而获得成全

我们所形成的正是她的缺失

所以女孩

我将给你的——

仅仅是光

你终将结出属于你自己的果实

至于我光的形状、质地以及生命力

全赖你命名

正如未来你的命名

也将赖你的子孙去完成

朋友去四川了

2009 年 9 月 22 日

朋友去四川了

仅仅如此　没有别的缘由

疼痛伊始　我没有过多地去呼应悲伤

冥冥之中只悬望时间尽快让一切随风

而今　我却像一个母亲

看着婴儿在成长　却突然感到了

剖腹的伤口

恐惧抑或希望　不去想

就不存在了吗? 我曾祈求

而那一道道裂在心里的伤痕

即便只是新芽破土前的微隆

在我看来都是决裂如戈壁的伤口

殷红奔流

朋友去四川了

仅仅如此　没有别的缘由

我不是一个愿意在悲伤时

描摹悲伤　在纪念日忠诚地

去纪念什么的人

而今只因朋友提起入川　我却希望

将那一切或宽或窄的血流

凝结成一个躯体的伤口　然后

请朋友将她小心的奉回

我要让它在裂痕处

长出一对翅膀

假如我也遇难了

写在青海玉树 4.14 震灾

2010 年 4 月 14 日

"假如我也遇难了，你会怎样？"

如何看待一场灾难，是个冷漠的话题，

谈论者永远无法言及亡灵如何泅渡了生命的无常，

而"无常"这个词，与逝者又有什么意义？

4.14 玉树地震几千人罹难、万余人受伤，青海湖

依然美丽。

当然，没有假设就可以假设不存在，

幸福，确是被动得领受安排。作为一个生命之躯，

我的羞愧在于：若非假设所爱之人亦在其中，

我将就此听闻：不过是一则坏的新闻：

无异于《新闻联播》之后播报出：

一场大雪的消息。

"假如我也遇难了，你会怎样？"

假如你也遇难了，我会怎样？

感谢爱，给我痛苦的喘息、活着的知觉！

"假如你也遇难了，

我会去找你，无论你在哪里。

假如你也遇难了，我将不再惧怕死亡，

我将以一个死者的角度生活世界。"

镜子里的誓言

观湖上烟花有感

2009 年 10 月 28 日

是一句誓言吧

怎样的蕴藉

才能集聚这硝烟一般的激情

是一次演绎吧

极致的美丽

是否必须生发于压抑突围后的欢乐

情深叠烟柳　秋浓香桂子

今夜的西子　娉婷已多时

但 并非轻盈就没有重量

不是深沉就没有语言

闭上眼睛　看人间的烟火绽放

听声音刻画冲撞而上的升华

那一句一句　身体喷薄而出的绝响

是光芒留给镜子的誓言

还是生命纷沓而至的陨落

目睹繁华是需要勇气的

看烟火的人　没有回答

故 乡*

2010 年 4 月 29 日

回到故乡，与脚步无关

也无须踏着梦的悠长。在繁华都市

浮光凛冽、潮汐翻涌的十字路口，

我曾多次用交错的双手

意欲捕捉远方

那一条名叫"富春"的江流。

然而，没有。

没有一片云彩、一个水湾、一座青山

一丛芦苇、一级石阶、一枝青桠、一行白鹭、一

鸣琴声

能为我付出哪怕一次稍息停留!

故乡啊, 你始终是我无力描绘的

那个地方!

★注释：作者的出生地位于风景秀丽的浙江
富春江畔一座名为桐庐的江南小城, 现定居
杭州。

西湖雨

2010 年 4 月 11 日

（一）

也许，我必须以一种告别的情绪

才能言及杭州的美丽。

明媚的白堤，葱郁的苏堤，

微拢的桥，以及湖的四季。

世世代代，

人们在此访古探幽，寻隐觅逸，

却总忽略了眼前的雨——

恰是西湖的历史所泛起的

最美的涟漪。

（二）

松手吧! 捉, 无可捉。

它是一种近似柔软的哭泣,

是青硬的柿子遇上阳春的丽日,

不是融化, 不止妥协, 是自然的皈依

被捕捉的愿意。

它有名字吗? 美是仁慈,

是天堂的雨, 滴在心湖的笑意。

一袖一袖, 轻轻抚触, 舍去痕迹

印下莲的倒影。

黄昏笔记

2009年12月29日

（一）

傍晚

我点燃了

旅舍中所有的灯盏

以避开

黄昏走向黑暗的

忧伤

（二）

我握住

一只光鲜灿烂的

苹果，一口

咬下了它的骄傲

然后安静的

等待发生一些什么

（三）

时间的沧海

淹没一切，也终将

一切归还。而岩浆

必将流淌在你

　　斑驳的灵魂上

洗劫一空　然后填满

你将体验

人生的无情是如何

伸展于有情的

天地之间

2009 年 11 月 30 日 12 月 1 日

午夜记余

吸　引

吸引

并非来自坚持

而是出自变化

真的诗人

真的诗人

敢于直面真实的自己

卸下一切披尘的伪装

剥除一切精神的修辞

裸体进入自己的本质

诗歌与生命

诗歌是用生命书写的，

不为装点生命而存在。

诗　神

既然无处可寻，

就在太阳树下等着吧，这势利小人！

你越是慎言膜拜，他越发神秘高远；

而当你转身高卧，恰是他趋炎附势之时。

善待文学

人类啊，你可以企图一切，

但唯余放过文学吧！

诱惑再大，也请留下

这为文明"赈灾"的"粮资"！

人与现在

人，只是移动的存在，移动得越快，消逝得越快；

而不移动的存在，与移动一起构成了世界的现在。

神秘的神秘主

一瞬间抓住事物的核心，是诗人应有的能力，

而诗歌，只是帮助神秘主完成了神秘。

著作权与解释权

诗歌的著作权属于作者，解释权属于读者。

一个太阳

与其说一个太阳照耀着万事万物，

不如说万事万物照耀了一个太阳。

鱼

诗人的生命本色里就有诗歌的纹路存在，

只要水面安静下来，它就自然呈现出来。

哦，并不完全忌讳鸟儿在枝头交谈，

只要是轻巧的，像风，

吹拂，但不惊扰水面。

如果是这样的交谈，在水面平静的时候，

我可以说一个晚上的诗，直到湖水充溢……

退潮后，能晒出很多诗来，

像沙滩上的鱼，水过了，而鳞光闪烁。

你能去哪里

大雨如注

在洗刷谁的罪名？

如果今天是"七七四十九天"的第一天

你能去哪里？

★注释：《圣经故事》"挪亚方舟"篇中说人
类的贪婪与相互残害触怒了上帝，使得天降
"七七四十九天"大雨以毁灭众生。

卷　十

向黄昏伸手

题记：我不知道我的存在有什么意义，

也许，等我消失后会得以清晰。

金色的黄昏里

走过一个老人

光线柔和，风很安详。

突然

一种金属的质感横亘而至

这突如其来的坚硬

仿似沸腾的水掠过刚毅的铁

日落之处传来声声嘶鸣……

石头，经过衰老，成为宝石；

木头，经过衰老，成为古董；

生命，经过衰老，成为舍利；

精神，经过衰老，成为真理。

太阳，为何必须下山，才能东起?

事物，为何必须变化，才能赢得挽留?

意义，为何在伸出手的一刹那才会浮现心头?

无意中言及的意义

（一）

写完此诗后（《向黄昏伸手》），

关于意义的体悟如星辰般升起，

我唯有抓住正在闪烁的那几颗

……

而更多的意义

正在陨落中实现新的更替。

（二）

如果能在每一分钟都了解自己的心性，

如果你懂得了自虚空中摘得意义的能力，

那么又何必在意身体的感受？

你所经历的一切苦痛，

哪怕是最不愿忆及的那些部分，

业已升华为一种生命必须的实践，真知前的铸炼。

（三）

很多时候，勉而为之也是一种仁慈，

当违背自己能够成全他人，而你也乐于平静地

接受。

（四）

真正的阅读，从伸手取书的动作开始，

在每一个翻书的手势中感受纸张在指间的顺从，

感到你因懂得而开启阅读，并感受

它的目光——

你感到你的微笑，

正是留在它镜中的倒影。

（五）

我珍惜每一个静谧的时分，

在滴水穿石的悄然中倾听万物的声音，

每当这样的时候，我让我的悲悯首先原谅了自己。

当我们真正能够做到对自己释然，

世间万物还有什么不能获得宽宥？

（六）

当你领会美丽的意义是任何一种形式的善意，

我们真的可以不相信眼睛。

（七）

我乐于呈现自己的每一个碎片，用极简的语言，

你可以随意把玩组合拼图的游戏，

但别在我消失前作出任何评判。

在我们不了解夜空的星星有几颗死去，又有几颗

升起时，

难道我们竟敢于言及意义？

（八）

我听见了夜自己的呼吸，

它的沉睡有其深刻的含义。

我想将自身融入其中，

进门后，发现我已经在那里

只是，来了又去，

来了，又去。

（九）

我以书写的方式将它找寻，

我深知每一个画笔都是构成它肖像之线条中

那不可分解的因素。

可我最新的发现是，

真正的意义是笔尖停歇时未被捕捉的

那一个单词。

（十）

从口语转换为诗体，从随笔过渡成分行的字句

我无意于此刻的书写，它自由而为之

仿似在向我启示它发现了一种神奇，

它的名字是落在水中的月，

你去打捞时丢失的那一个，

便是。

（十一）

还要写吗? 这样的继续将会无休无止。

夜的静谧对于意义而言，像果实遇上秋日，

越往深处，越能收获坠落的惊喜。

（十二）

有人提醒：

舒羽，你要珍惜！

当灵感来临，需小心呵护，将之精雕细刻成一枚

闪光的果实。

我想，流水正因为不在意自身的形式，

所以，它的流动永无止境。

（十三）

我希望有一种声音，

能将此刻的水流瞬间打散，

我相信懵懂地睡去比长时间的清醒

更具意义之上的意义。

就此搁笔吧！我几乎命令自己。

2010 年 5 月 15 日

信

我喜欢的夜，有一点微凉

适于轻轻抱住自己，看见内心的月光在无边的黯

然中缓缓升起——

皎洁而忧伤。

想写信给一个人，

遣派文字的鸽子衔来最清新的气息，

并在它们缄默的序列中举行"书信"——

这一最古老的

爱的仪式。

我将在其间放任所有的喜悦与悲伤，以你所不能

有的想象

你将读到我思想的镜子如何跌碎在更为遥远的

记忆之远方

又如何无声地忠实于返回的必然，如同潦漫的

溪流驯服于海洋。

在揣度这一动机的徘徊中谁又一次展开了忧伤？

哦，这深重的忧伤！

为何要写信？

为何要从秒杀悲喜的时代重蹈形式凝滞的覆辙？

是你听见了什么在风中消散？还是你惊恐于掷向

天空的双手

触摸不到哪怕一缕正在下沉的时光？而你嘶声呼

唤的轮回之轨迹正在迷失方向！

如何不忧伤？

你知道，唯有那一支蓝色的血液能虔诚地流淌

出你的呼吸并亲吻你难以均匀的篇章

如同你的手指伸进稠密的长发……

如同今晚的月光梳理着湖面的波浪……

如同弯曲的弓子拉开了沉郁的诗行……

那么你该说喜欢，还是遗憾？

当轻羽飞扬，

当我蓝色的信笺流泻于你摊开的指掌，

你该如何读取我的字迹哟：

是出自留下的愿望，还是源于告别的慌张？

我的鱼肚白

2010 年 4 月 10 日

（一）

我试图作一种尝试

在现实暂时松绑而思想自由时，

将我们推入他们之中，而我也暂时从我们中抽离。

思维郁结时，我解开了文字，像睡眠解开了梦；

像一种意识放空而神秘自由图画的占卜，我放出

了自己。

书写自成一体。

我不是什么，什么也不是，只是一只被主宰的手，

画着游戏中的自己。

（二）

这是黑夜真的撤离而黎明尚未完全分明的时分。

如果地球是一条鱼，此刻正是它转过身子扬长

而去前留下的清晰的影；

是冬与春的交替，乍暖还寒时没有名字的节气；

是一处疼痛，药物魔术了一只橘子被生剥的伤口，

醒来时眼睛被小鸟的歌声蒙蔽了哀愁。

就这样，拒绝清晰，当清晰正在苏醒时。

（三）

我知道有一种东西正在逼近，

当我说出"当清晰正在苏醒时"。

街道正在变得肮脏，脚步、汽车、早餐店和人

们口中传出了一种

只能被称为声响的语音，

这一切像一粒粒粉尘开始坠落在我天空的鱼肚

白上——

灰色的雪，吞噬意识深处蒙昧的纯、洁。一种

酷肖温柔的残酷

正如倒退的文明一般向我伸出了触角，死海中丑

陋的章鱼。

（四）

不能说是逃避，

是对自在世界的自然伸展。像太阳花的名字，

也是谦恭的植物，

只是纤细的颈项、柔弱的茎肢更易出卖内心向

阳的声音。

爱，本身没有错。

（五）

那么是什么错了？

命运对幸福的排序有无凭依？

观音普度众生，可她瓶子里的水能解救几个世

界的干枯？

一个人一个世界；有时公转、有时自转，热闹的

只是地球的表面。

人人孤寂。

我要怎么相信，命运是一种无序的随机？

被如此荒芜的抛入烟尘的空无，依附于短暂的

时空一隅，

而依附之物正在无声地抽离——

海枯石烂，总有尽头。

幸福，只是一种被佛子们反复练习

而最终必须放下的课题。

（六）

还要哭吗？

哭泣只是形式。只是一种情绪导致身体之外的

灵魂之雨。

从躯体中筛离，像阳光蒸发麦田，水份不知去向

而土地开出裂痕的伤口。

我知道我将如何老去，当我看见泪滴如何相离

于青春。

一个人究竟能有多少眼泪，怎禁得春流到夏，秋

流到冬

红楼还泪，绝死苍生!

（七）

我正在不由自主地走向我们，走向人类的生存。

走向由民族所谓的风俗构成的世界，一个简称

俗世，或世俗的所在。

我必须回去，像光芒必须刺杀黎明的静谧；

像思想者必须让出当下，逃逸到历史的经卷中去

成为被记载的先知。而真理被遗弃。

人们习惯于缅怀伟大的先人，前提是：

伟人首先、必须成为故人。清醒者必须昏迷。

（八）

终于，我回到了我们。当母亲推开了清晨的门，

谈论起蔬菜、粮食。我们是存在和被存在的物

质。

父亲在剥去一只竹笋的外衣，那冬季埋下的春

天的惊喜

一件，一件……

一些事物在腐蚀，一些事物在新生。

而我在这个黎明真正想说的话，悄无声息。

2009 年 11 月 17 日

钱舟*与
贝多芬 D 大调协奏曲

（一）苏醒的海神

海神披上黑色的燕尾服，张开了

那难以琢磨的飞翔——

海浪们正着手于一个紧张的呼啸计划，

头颅高昂，迎向海神的翅膀——

一触即发的使命来自海神，更来自

贝多芬的意志。

他从未沉睡，永恒的眼睛从不缺少光明。

万物，在他眼帘开启的一瞬，

获得了胜利的苏醒。宏大的现实奔涌而至，

一扇扇沉睡的门豁然开启……

（二）复活的雕像

哦，开始移动——

呼吸屏住!

她用一把金色的弓，

将记忆无情地梳理

……

融化的雕像　勾勒思想的图形，

是谁在牵着她的线?

那梳不尽的长发，煞似岁月冷酷的弯弓!

抓住命运的脚踝，叩问星空的奥秘

勒紧喉咙，释放生命的潜能。

白昼连接着黑夜灰色的边沿，

一切虚幻在运动中得以清晰

……

（三）生命的线索

瞬间，一根细若游丝的震颤之弦从庞大的线团

中抽离而出——

均匀的呼吸将感官凝固—— 又毫不迟疑地拉

伸——断了断了就要断了 ——

一颗颗心灵悬挂其上—— 断了断了就要断了

—— 一个个往事绵延如烟——断了断了就要断

了 ——一瓣瓣心香殷红若滴——断了断了就要

断 了 ——————————————————————

————————————————————————— 停 下

吧，别再抽离！

生命有心灵不能承受之轻。

（四）咆哮的房间

贝多芬摔打着自己，听不见哀求。

无壁的房间里传来咆哮的吼声——

直到镜框碎裂

直到灵魂发出惊悚的笑声

直到惊醒自己

……

直到爱的主题出现

直到如雾的梦境 流下了

滚烫的泪滴。

（五）爱的回旋

......

    ....

  ....

....

....

....

 ....

   ....

     ......

★注释：钱舟为一名华裔美籍的著名小提琴音乐家、作者的挚友。此诗摘录自作者在音乐会现场速记于节目单中的诗句，后经整理遂成。

寻

2009 年 9 月 23 日

（一）你的眼睛是一支忧郁的歌

好了　这样行吗

你看我已将手中的花篮扔下

任那新摘的苹果滚落在晨露微透的绿茵上

蓝色的长尾鸟也停下了婉转的歌吟

穿梭于发间的苹果花儿收起了芬芳的羽翼

为了你的安宁

我把自己坐成了一座瓷白的雕像

仅用一双静穆的眼打量你眸子里微低的神伤

现在说吧　别再躲闪

像一株下坠的树

你低垂在我面前

一双眼　阴雨绵绵

一支忧郁的夜曲拉动了你湖底的泉

水波漫漫　漫漫　漫过了一片贫瘠的荒原

淋湿了我的眼

它终无语　又似欲言

那是一双怎样的眼

分明有一滴泪　悬在潮湿的湖泊上

谁敢品尝啊　这痛彻心扉的佳酿

百花落泪　群禽哑然

而我　已被那浓云深深　深深的深渊淹没

止不住在那漩涡中

痛饮悲伤

……

砰然倒下　碎了一地

我那晨曦中光芒筑就的

牙白的雕像

哦　你的眼睛是一支忧郁的歌

从今后　我衔着如雨的歌声

在无边的寂静中寻觅

漫游吟哦

……

（二）无言如是说

我在无名之手的抚摸中醒来

星星是惟一的灯火　冥冥闪烁

恰似那一瞥将我击碎的眼神

《寻》插图一 杨棠茗 摄

哦　在这孤寂的夜里　谁能告诉我

那一双将我跌落于尘寰之眼的主人在哪里

那一句蓄养于眼中的欲言又止究竟是什么

而我在哪里　哪里有我

轻软的沙　呼啸的风　沉默的礁

那一片试图被沙滩囚禁的浩瀚，是海吗

那一脉反复被浪花冲撞着的无边，是岸吗

它们究竟在说些什么

这分不清是争执还是呢喃的絮语

喧哗着吞噬一切的缠绵

爱与被爱就是这般包围与突围的冲击吗

谁能告诉我

"我都不想说了

这些苍白的语言！"

"是谁在说？"

我向着黑夜咆哮。

"但我相信　有多少花火

就有多少未被破译的语言。"

穹宇浩瀚　万物辽远　而星子缄默

仿佛坚守着秘密的箴言

……

好吧　我投降　除了那一个字

穷极苍天　问尽辞典

还有什么能将其降领

除了，无言

2009 年 9 月 25 日

（三）黑衣人

像一个黑色的预言

当黑衣人出现在海峡边

那片生黑如铁的灌木丛前

比黑夜更黑的　是他的马

他在哪里　哪里便是天涯

"你是谁？"

一颗火红的心战栗在我胸前

声音颤抖如一颗迎风的红炭

星星是心碎的月亮　挥洒冷寂的光

却无法照亮黑斗篷尽头　那深邃的目光

"是你吗？"

……

沉默是黑夜的帮凶

沉默是摧毁一切的力量

"我在寻找一双眼睛

一句未说出的话

我要将一滴泪　归还给他"

……

黑马跃起　长啸一声

如寒剑飕光一瞬——

夜风　掳起了黑衣人斗篷下的脸庞

他可就是那我忧郁的少年沧桑的王?

"跟他走吧　离开这无人的海滩"

风在我耳边诡语。

"可他是谁? 他会带我去何方? "

"爱是什么? 爱又会带你去何方? "

为什么要折磨一个迷途的女人?

爱是毁灭　还是希望?

亦或希望就是毁灭?

一如毁灭意味着希望　而爱是神秘的力量

跨上那黑夜的马　将驰骋的信念交给他

让孤绝的风与勇敢的心　高声酬唱

黑夜的尽头　是悬崖

更是曙光

（四）绿洲的诱惑

飞驰的神驹将我和黑衣人甩入了空中

与风融为一体　旋转上升　旋转上升

一支熊熊燃烧的蜡烛　　在马背上狂奔

星星落在身后　　似串串流泪的水晶

我闭上眼睛　　像孩子迷恋着危险的梦境

夜行千里　　风度无垠　　梦未醒　　月无影

我被轻轻地停放于一片黎明的草地上

绿意充沛　　群禽健美

"这是我们的乐土吗？"我问

而黑衣人了无踪影

一骑独行于我无助的视线深处

把那黑夜的远方　　延续

是那发须雄美　　体魄丰饶的牧王

深情的将我托举于温润的掌心

他拥有树的身躯　　麋鹿的眼睛

"你是谁？""他在哪儿？"

"你从哪里来？""是他带我来这儿"

"你不会想要见到他""可我为他而来"

"没有人想见到他，他是一座孤独的山，一条冰

冻的川

没有未来也没有过往，唯有无情的岁月将他爱慕，

精雕细刻了一脸沧桑。至于你，可爱得如同一枝

新长的嫩丫

留下吧! 在这美丽的绿洲上驻地为王。你听啊!

百灵鸟在头顶鸣啭，那专属于爱情欢乐的篇章。"

"是的，他们在唱。

唱着关于爱的种种，种种的爱

奔涌的泉、火红的焰、炽烈的眼、霜染的脸，

而我，羞愧难当啊! 神，让我跪在你面前

恳请听取一粒微尘的忏言:

面对他，我如此贫穷

我所拥有的一切，只是卑微

远不及他留在我手心里的

一滴泪"

（五）沙漠之火

2009 年 9 月 27 日

离开牧王的追逐　循着马蹄鸣响的去处

我奔向你的虚无　心向你时

路在我脚下奔跑　因我生长着爱的步调

从云深草长的绿洲　抵达烈火焚心的沙漠

我便知道　爱的使命就是听命于心灵

如虔诚的信徒　走向无旨之王的召唤

一切都在燃烧　飞扬的沙演绎着炙热的冷漠

烈火喷油的太阳　戏谑着绿洲远去的殷勤

让我做一个生命的挑夫吧　我渴望痛苦　祈求

绝望

在这滚烫的海浪上　让我僭越贫穷　穿越死亡

沙漠为信念而生　正如烈火为希望而燃

来吧　让烈焰的灰烬　蒸腾身体的渴慕

我在沙漠中　读懂了你眼中如雾的水波：

"水波漫漫　漫漫　漫过了一片贫瘠的荒原

淋湿了我的眼"　在这金色的死亡之海

正是你眼中的雨啊　浇灭了群沙的焰　天涯咫

尺处

漫天大雪从天而降　一支鲜红欲滴的玫瑰迎风

招展

告诉我　海市蜃楼的背后　可有你横马远眺的

渴望

嘴边是否挂着泉的甘甜　一只鹰在长空中画起了

黑色的圈圈　没有方向就是方向　追赶　追赶

我追赶着黑色的太阳　直到月亮重又挂在树梢上

（六）瓶子与玫瑰

2009 年 9 月 28 日

寻觅寻觅再寻觅

无形将无形寻觅

丧失形体的灵魂　叫什么?

我在寻找什么? 我丢了什么?

爱情又是什么? 是什么将我击碎?

又是谁引领我陷入这孤绝之境?

忧郁的眼睛? 不! 它只是闪电, 一瞬即逝。

无言的海洋? 不! 它喧嚣熙攘, 空无一物。

黑衣的骑士? 不! 他代言虚无, 来去无踪。

烈焰的沙漠? 不! 它扮演地狱, 而爱情怎会如此。

火红的玫瑰?

　　　　　哦，火红的玫瑰！

在这生命之水行将枯竭之际，为何唯独它还保

存着鲜艳？

沿着这一路明暗交织的河流，我嗅出了它的气

息，那生命光彩的气息！

月光，清朗，如洗。

河水绕着月下的城堡，逶迤前行，粼粼波光，薄

薄雾霭，闪烁着银色的启示。

比月光更干净的，是他的额头；比他的额头更干

净的，是他手中透亮的瓶子。

与其说河水在涤荡瓶子，不如说瓶子在洗涤着

河水。

"是你吗？"隔着岸，我向着那额头的主人低唤。

"是你召唤我来到这里吗？你就是那黑衣人，别

不承认！"

他依然低着头，擦拭瓶子。

"你要用那瓶子作什么？"

……

我伸出捧着泪滴的手心，

朝向微弱的月光，微弱地祈求：

"请你将这爱情的苦水收回吧，

我即将在寻觅中枯萎

……

月光，熄灭了。

没有屋顶的城堡，是心灵的废墟，

而臂弯中的月亮，是他低垂的脸。

"爱情，为爱情而生，我们只是囚徒！""我在

天堂，还是地狱？"

"是天堂，也是地狱！" "阴影，为何如此眷恋

你的脸庞？"

"命运指使时间的巧匠，刻下狰狞！" "你为何

将瓶子一再擦拭？"

"我所有的财富，仅仅是一只瓶子！"　　"你要用它装什么？"

"盛满泪水！"　　"盛满泪水？"

"盛满泪水，将我的爱、我的玫瑰，滋养！"

……

"而玫瑰并不知道，只有最苦的泪，才能浇灌出最鲜艳的花瓣。"

……

"而海洋并不知道，只有无言的爱，才能破译一切未知的花火。"

……

"而绿洲并不知道，只有贫瘠的心，才是滋生爱情卑微的土壤。"

……

"而沙漠并不知道，只有死亡的路，才是通往圣洁唯一的途径。"

……

"而你，我的玫瑰，你并不知道啊，你的开放，

恰恰意味着凋零。"

……

生命，为生命而唱，我们，一贫如洗。

爱情，为爱情而生，我们，只是囚徒。

"仅仅为那一点神秘的花火，我们将爱情苦苦地

寻觅；

让我们在天亮前找到幸福，去大海的深处拥抱

虚无。"

（七）竖琴之舞

水　环四面

风　吹八方

这是天上的大海　云中的岛屿

如同置身一个巨大的音乐中心

那流动的华彩　席卷幸福的波浪

那动荡的天籁　狂揽生命的漩涡

这是盛产自由的向往之地

这是世界之外的世界　爱的中心地带

欢跃于林梢的神鸟衔来了爱之圣果

所落之处　新芽顿出　恣意生长如灵动之舞

像白昼圣洁的少女　夜晚妖娆的女郎

这曼妙的枝桠　幻成了一把金色的竖琴

弦弦闪耀　音音绝妙　勾起了天使多少爱慕的

眼光

哦　谁能消受　它灵蛇一般的身段　那是耳朵

的浇灌　心灵的洗劫

销魂的震颤之上悬挂着痉挛的灵魂　令天使疯

狂　魔鬼从善

在这孤绝的岛上　正在上演着孤绝的占有　孤

绝的希望

忧郁的少年　我沧桑的王　爱情之歌正在引亢

高唱

我要把最动人的心弦交予你的手上　寻遍天涯

这一次　让我听一听你心里最真的

渴望

……

慢说那　天上人间苍苍

生死契阔茫茫

永恒并不遥远

此刻就是永远

哦忧郁的少年

我沧桑的王

你的

眼睛

是我不老的容颜

我们的爱情

正如初见

……

★注释：作者搁笔后发现此诗的排列本身酷
似一架竖琴的形状，稍事修饰便浑然天成，
直呼"莫非天意"？

你的眼睛

2010 年 3 月 15 日

(一)

客观的说吧，

有多少朝三暮四的生存伎俩

和言不清道不明的欲望

以及在红尘中争渡、争渡的伙伴

催促我尽快去就范，夺取

那久已令我厌倦的胜利与狂欢，

以另一副天使宠爱的脸庞。

可有谁知道，我想大声说出："不"！

多次想把 **PK** 的果实奉到对手的手中，

在他们的惊诧中实现安静的转身。梦寐以求!

但我羞于出口,因尚在人间。

是的,我一直在试图告退,脚步

却总与心灵相抵触,彷佛嘲弄着不移的岸

与奔流的水之间见鬼的哲学价值关系。

可是你的眼睛,为何消散不去?

像久久存在,又始终不曾查明究竟的宿命

像一条路,慷慨地铺陈在我脚下,

踏上去,握紧起点的一端

便能离开自己。去到一个

清澈得能看得见彼此心灵的倒影里。

简单的说,你看见的我,并不是真的我。

简单的说,这就是我哭泣的全部原因。

（二）

2010年3月16日

含着一个女人所能持有的

最温柔的语调，

我抬起头，看着你的眼睛。

....

（长时间失语）

一个寄居于文字，

并以流泻为书写常态的红尘迷幻者

此时为一双眼睛挑三拣四，

拎起所有的词语，又

放下

像最拮据的主妇，

为自命不凡的孩子甄选一顶尊贵的帽子，

何顶焉能冠之？

．．．

（长时间失语）

看着，只是那样看着。

静，而不止。

像唐卡上注视千年的吟咏

素洁而沉默的雪山。

有水，在流动；

有风，在吹送；

有光芒，在行走。

什么样的故事，能以这样泊云一般的悠长

来完成他最深的叙述？

我几度离开，

却更深入。

（三）

这一刻，长江之南

阳光灿烂。

梦的样子，在透明的光线中

折射出心地的莲花，我的唇

开始缓缓地念出你眼中第一句

微凉的诗行——

我听见了。奔走于你瞳间的呼唤

我看见了。雪山之水一路融化，向着低垂的方向

流过你的草原，

流过我故乡的门前，染绿了

整座春天。

哦，迷眼的绿，化不开啊

情人一般。

掬起它，是否不再哽咽?

（四）

我提着身形重囊穿度人间

遇见嬉笑怒骂，遇不见自己。所到之处，

钢筋水泥，层层叠叠，奄奄一息。

如修饰不厌的女子，隆重的虚空，

被裹藏的心。

乘飞机，渡飞船，以流光的速度

寻找的却是一颗平常行走

丢失的心。

我听见，一个旅人舍命打造黄金的声音——

叮叮咚咚，捶打一颗跳扑的心，飘忽不定。

无常的风声、将熄的灯，而夜色

2010 年 3 月 20 日

正在逼近。

我梦见，一具具粘合的尸体——

模糊、踌躇，难以离析。

生命来自土地，万物本是一体，

入土焉能彼此分清？

我祈求，给我一方无遮蔽的土地——

褪去姓氏、钟鸣、车褥、撇体之衣

回到处子、母亲的乳汁、赤裸的心

万物葱茏的佳境。

我知道，当生命真实的欢愉

蒸腾 并脱离挣扎的躯体，凌空扭动——

你的眼睛，和我在一起。

如一拧炽燃的灯芯……

2010 年 3 月 20 日

（五）

想去朋友的酒吧坐坐，

但不想跟任何人说话。

留在屋子里，又被苦困于一种物质

非干病酒，不是寂寞*。

坐下。

向窗要了一杯：众里孤独。

我不善饮酒，每每总是酒饮了我

在醉与不醉中，爱她，又想丢了她。

我梦想着有一天终于失忆——

像一树无知的樱花，

无辜的白，无辜的绽放。

如你来到我的树下，请别提起那些往事吧！

让往事里的人和故事得以原谅我的今生，

让汹涌的一切得以平静，如万物般自然生息。

让你的眼睛，连同我无暇的记忆，

从下一个洁净的花期开启。

永不分离!

（六）

你自黎明升起，或从未隐匿。

白昼与黑夜首尾相接，像爱与痛

从未分离。

我想捧出苦痛，又怕爱

受了惊。

有谁听见泥土深处

春天的雨水与种子爆裂的哀鸣?

我想穿上衣服，踏着阳光走出去

灵魂却囚禁在眼睛里，

2010 年 3 月 24 日

伸不出手臂。

别在一旁叹息！

说这诗篇如何打动了你的心。

如果你尝过这果实，你也会闭上眼睛……

闭上眼睛，闭上

眼睛。

让声音，微弱下去。

（七）

本想沉寂于"微弱下去"的声音，

可我不想把故事写得这般沉郁，

以免碰碎了你们眼睛里游动的鱼——

那有情天地中最具知觉的神奇。

勇敢去爱吧! 恨，也要恨得分明，

在这疾行千里、失之一瞬的世上

还有什么能媲美心中如初的爱情？

即便爱神，总与死神孪生降临。

当"他"呼住你的胸口*，

将爱人最亲切的名字窒息在你寸断的喉间，

"她"爱丽丝一般甜美的歌声从心湖之上*

袅袅升起——

漫游仙境。爱神与死神总是手

牵着手。但还是说吧：

永远——

你的眼睛，我的眼睛，

永远在一起。

虽然永远，并不远。

圣地城堡

2009年12月8日

（一）

我终将走向它

走向那雪夜里闪亮的圣地城堡

像小溪走向河流　河流走向海流

所谓宿命

就是冥冥的行走

无关身前与身后

当月亮的光线迟疑成茧

星星埋进了墨色的胸膛

当尘世所有的经验，汇聚成

逆风的洪流，裹挟前行的步履

请不要举起你的手

挥舞破碎的挽留

我终将坚定的行走

我终将坚定的行走　通身剔透

像一盏移动的灵灯

参透空气的符咒，穿行于

风声灰暗的树林，目光所及之处

将燃起熊熊火路

照亮跟随者的脚步

（二）

黑鸟

在哑寂的墓地上空盘旋

黑夜中扑闪着黑色的翅膀

可笑的人儿啊

因何陌生，又为何远离?

你们连生者尚不惧怕

却用疏离的眼睛

抵触死者真纯的亲吻

虬结的枝桠，裸露生命的绿意

斑驳的手臂，褪却锦衣的繁花

他们的一生，从未如此坦荡

闭上双眼，遁入寂灭的永生之地

从此只为生者歌吟

拥抱吧，一如爱情!

让哑寂的墓地，响彻牧歌的嘹亮

《圣地城堡》插图一 杨棠茗 摄

让一切随着风吹的方向

自由飞扬

（三）

我以飞行的姿势行走

天使陪伴我

沿着峡谷那峻峭的陡坡

与河流同行　与海洋同心

夜来香的芬芳

将我引至一片居住着月光的沼泽

那苍苍蒹葭里蓄养着死寂的生机

而我的圣地城堡

正掩映在它黑暗的明亮本质里

死去还是活着　仅在一念之间

2009 年 12 月 10 日

峡谷的激流冲撞我

像撒旦的温柔

吐着生与灭的泡沫

而它的阴影面却总是波澜不惊

这梦境一般的宁静召唤我投入其中

去还是不去　仅在一瞬之间

（四）

今晚我是一尾鱼

空中的旋律是我游弋的逻辑

月光下的水草

闪着鬼魅的光影

我落落的

穿行于一整片弥漫着夜色的

歌声里

2009 年 12 月 12 日

沿着悲喜的线条

在夜空的脸庞中破译

那火焰一般扭曲的旋律

和那旋律一般

难以扶直的忧郁

按下吧，像风按下草长

让我按下水仙的歌喉

浮出明亮的躯体——

一座圣地城堡自黑暗深处

崛起

（五）

当一种异质包围我，探出它奇特的双叶舌

隐秘地舐舐我的躯体时，我知道

我已拥有了另一张容颜。

像一朵花，瞬间被另一个季节（宇宙的第五个
季节）
选中。我，
被一种新的元素所吸纳并浇灌。
鲜艳的形体于是加快了衰落的步伐，
而真正的花，在幽暗的深处穆穆地吐露芳华。
只有潜入黑夜的眼睛，才能将这气息识别，
与它扭为一团，
像巨大的灯芯、拥抱的火焰，
又像太阳光缕的一员，
并相信那光的永恒，如同相信自己。

没有时间，没有空间，没有任何一种存在之物
能让我们在这个世界上稍息停留，
房子、树、街道、鸟、电线杆、空气
和我们。
我们来自迁徙，并迁徙；

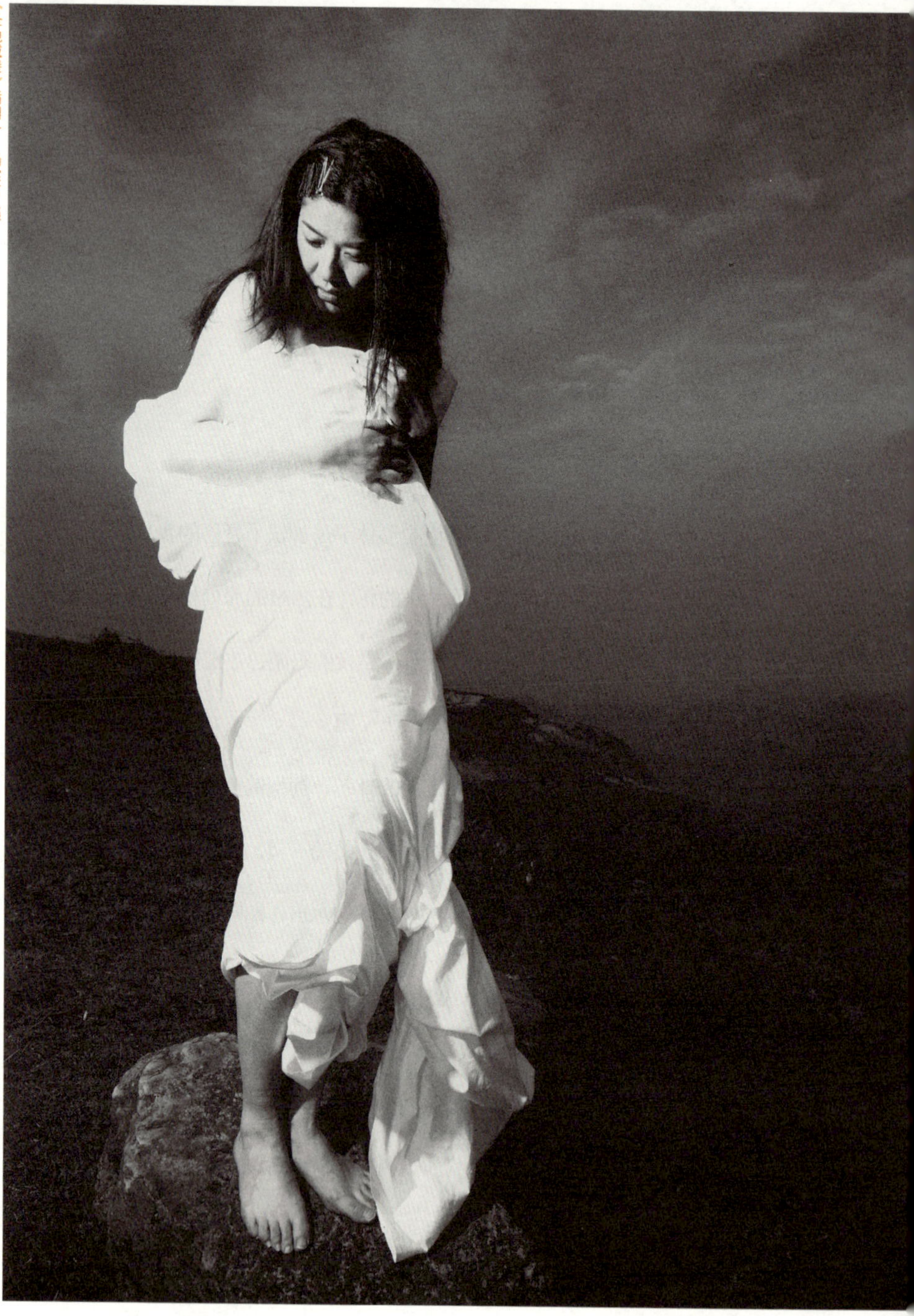

《圣地城堡》插图一 杨棠茗 摄

我们出自变化，并变化。

以身体作土壤，我们此生的良机只有一朵花

唯有乘着它的气息

才能抵达沼泽的上空，

唯有借着它的光芒

才能开启那圣地城堡之门。

（六）

群星以最闪亮的阵容彰显启示

银色的雪光勾勒你神圣的面容

走近走近，走近你

走进你，如同走进光芒的沸点

走进燃烧的血液，那天空中奔腾的万马

那万马齐蹄流泻而出的潮涌

我听见了

听见了生命之河的流动

那铁蹄深处的肃静

我以风中之烛的步伐走向你的门

沉默的神明为我洞开了你的身体

那神秘事物的内部世界

门开启的瞬息，一柄光剑

长驱直刺我心脏之最纤秘处

从此

　　一切黑暗都是明亮

　　一切获得都是给予

（七）

在事物开启它的开启时

我轻轻地举起右脚　踩上时间的阶梯

它却在我左脚的韵律接应前消逝

复又出现在我左脚的平底

就这样，我潜入了时间之中

像一缕光深入一片海洋

而时间的水存在并流淌于

彼岸与彼岸、岛屿与岛屿的间隙

我心上的桅杆升起了一面旗

它总是先于我自身

并企图触及城堡那无尽的穹顶

像一片螺旋而上的叶

那火红燃烧的掌心引领我

一圈一圈　旋转　升浮　向着堡顶

如同一枝向光源祈求生长的向日葵

当我看见我的身体如不息的日出般升起

我已然失明

一切奔涌而至又转瞬即去的事物

在我燃烧的眼中散落成灰烬，随即

又给予生命新的期许

（八）

我飘浮于沉静的深处、漩涡的中心

如同一朵花蕊向阳光叩问意义：

绽放是为了渲染激情，还是迎接凋零？

是否欢乐的考验是抚摸孤独

　　美丽的考验是感知痛楚

　　而爱的考验是一无所有？

是否我打开一个结局

就能收获一个开始？

是否我走向终点

2010 年 1 月 7 日

就能听见起始的钟声跌宕而起?

我在城堡之巅，感受天空与大地的距离

是否我推开窗，就能迈向一方平地?

（九）

闭上眼睛

听心灵的羽翼扑翅的声音……

它自冻土中突围

如肿胀的乳房哺育新生的胚芽

生长的力量如决裂的海水

愤怒一般的欢畅

又似集聚的火　凝结的铁

迸裂的思想

2010年1月11日

看城堡之颠如何抽出新绿

看铁树如何开出火焰的花

看凶猛的绿意　如何锻造信仰的华盖

看信仰的华盖　如何定格人生

那诗意的飞翔

跋

舒羽

有人说："舒羽，你的诗让我沉浸于你的思考之中……"，细想，写诗的这一年来我几乎来不及思考，你能想象一个人一年能思考出 260 多首诗歌吗？也许，诗歌写作是离不开"思考"的，但我想说，此刻我向您奉献的这部诗集是我的"前写作"。

所谓"前写作"就是写作开始前的蒙昧状态，是书写的一种，像一种气候开始前的烟云的聚集，像一种相遇发生前的因缘的征兆。我写了一年，却从未觉得我在写作。

我不知道诗歌是什么？

什么叫诗人？

工作中、生活中我不是"舒羽"，"舒羽"在"我"中夹缝生存。面对诗歌，我甚至没有一张写字台是吻合所谓写作的环境要求的。在家里，没有人承认我在写作，它们记录于我枕边的一些零碎纸张，或书页空白处，写下时我总是显得很匆忙，我怕家人问我在干嘛。我该如何回答？在办公室，它们混迹在我的办公文件中，打开我的工作笔记，一面是奔于营生的商业策划或会议笔记，再翻过去可能就是某一首分行的字句。机票的背面、餐巾纸、酒店的便签条、音乐会门票、手机……它们绝大多数来自一些非正式的物件中。留意我诗歌博客的人会发现，我的诗歌大多是在早晨发上去的，是的，我习惯在处理公司事务前将前一天涂写的文字变成电子版。写着写着，我觉得我在赛跑，只是不知道对手是谁？

说这话时，我开始思考（我的思考总是很被动，或严重的滞后）。

我感到我是在拿我的诗歌跟我的工作或生活赛跑，也可以理解为是"舒羽"在跟"周莉*"赛跑。6年前，因为一个瞬间的念头，"周莉"从电视台辞职，自己开了一家文化传播公司；6年后的今天叩问那个瞬间的决定，为什么？2009年的6月突然有一天"舒羽"在办公室的键盘上一连敲下6首分行的字句，并将自己重新命名为"舒羽"，之后觉得整个人都敞亮开了，为什么？

自由。

— —

我渴望恣意生长，像原野中的一棵树一样，或天际中的一只鸟。这就是所有的答案。

— —

从某种角度说，"周莉"的社会性和角色性甚至妨碍了"我"对真正自由的深层次追求。任何深刻的批判，都不仅仅指向外界或他者，一定还具有向内的成分。"周莉"挣脱了曾经存在的一个现实，而写诗的"舒羽"是挣脱"周莉"后的另一个自我，新生的属于内心的自我。

— — — — — — —

创办公司和诗歌写作在某种意义上是同一种起因。但遗憾的是它们两者竟如此排斥对方! 好比刚才，正在讨论"假如台风来了，如何保障演唱会现场的安全? 必须请施工单位与公安、交警、电力、消防等一起坐下来讨论预案! 已经签约的歌手该如何协调日期? 已出去的票房该如何处理?"等一箩筐俗务时，此书编辑打来电话："我需要你最后再确认一遍文本，你必须从第一个字到最后一个字全部一字不落的通读一遍，另外，马上要付印，你对它的装帧设计有什么意见? 还有，别忘了这本书还需要一个'跋'"。晚上九点我跑回酒店在电脑中接收装帧设计稿，九点半我离开酒店，十一点班我重新回到这里……我在《一条手臂的距离中》曾流露过日常生活与诗歌生活之间的矛盾，也曾以"龟"的意象对比过诗人的快与慢之间的幽微关系，更在《一个出售灵感的女人》中向神明缪斯忏悔过我的过失："今夜/我要向众神忏悔/虔诚地归还我曾向天堂的果园随意窃取的神秘之火/归还你们的语言/今夜/一个失明的女人/在河边轻声叫唤：出售灵感……"

— — — — — — — — — — — — — — — — — — —

如果说在写诗半年后我关心日常生活与诗歌生活孰生孰死的问题，那么写诗一年后我开始认命，也认识到它们既然是同时来临，就不可能舍去谁又留下谁，"舒羽"和"周莉"本是一体。歌德在《浮士德》中叹息：美，请你慢一点、再慢一点……，而当"美"慢下来，生命也就终结了。

— — — — — — — — — — — — — — —

在集结了我的"前写作"后，我不知道什么时候能够正式开始"写作"。关于日常生活与诗歌生活、关于快与慢、关于奔跑与散步，无形中，我已经接受了这个殊别的挑战，那么就让它们继续胶着下去吧！让日常生活的散漫之处在诗歌中得以拧紧，拘谨之处在诗歌中得以自由。

— — — — — — — — — — — — — — —

曾有人说："女人诗，吟风颂月，很奇怪像你这样的女人怎么会去看书、思考呢？"那么我该是一个怎样的女人？天哪，这就是你们眼中的中国"女诗人"？那好吧，我就是。

— —

2010 年 9 月 3 日

注释："周莉"是本书作者的原名。

图书在版编目（CIP）数据

舒羽诗集 / 舒羽著 .–北京：作家出版社，2010.9
ISBN 978-7-5063-5553-7

Ⅰ.①舒… Ⅱ.①舒…Ⅲ.①诗歌 – 作品集 – 中国 – 当代 Ⅳ.① 1227

中国版本图书馆 CIP 数据核字（2010）第 181243 号

舒羽诗集

作者：舒羽

特约编辑：中和

责任编辑：贺平

书籍设计：刘晓翔

出版发行：作家出版社

社址：北京农展馆南里10号

邮编：100125

电话传真：86–10–65930756（出版发行部）

86–10–65004079（总编室）

86–10–65015116（邮购部）

E–mail: zuojia@zuojia.net.cn

http//www.zuojia.net.cn

印刷：北京华联印刷有限公司

成品尺寸：141 × 210

字数：150千

印张：7.5

版次：2010年9月第1版

印次：2010年9月第1次印刷

ISBN 978–7–5063–5553–7

定价：36.00元